異説ガルガンチュア物語

フランソワ・ラブレー 原作
谷口江里也 作
ギュスターヴ・ドレ 絵

未知谷
Publisher Michitani

これは
大巨人を王として戴く幸せな楽園王国と
突如その国を襲った戦争をめぐる
世にも不思議な物語です。

目次

異説ガルガンチュア物語

プロローグ　## この本について

読者のみなさま。この世に奇想天外ということがあるとすれば、それはまさしくこの本のことであります。この本に何が書かれていようとも、どんなことが起きようとも、驚いてはいけません。ハッキリ言って、この世はどんなことだって起きます。ですから、まずは読者のみなさまに、一つ、お願いがございます。

この本の中で起きることは、とりあえず、すべて本当だとそう思って読み進んでいただきたいということです。

そして、このとんでもないお話を、精一杯、楽しんでいただきたいと思います。それではしばしのあいだ、おつきあい頂ければ幸いです。

第一話　ガルガンチュアの家系

むかしあるところに
大巨人が王として代々
国を治めている国がありました。

王さまの体は、大きな建物ほどもあって、そんな大巨人が、これまた大巨人のお妃《きさき》さまと一緒に、普通の大きさの体格の民がたくさんいる国を、なぜか平和に治めておりました。

そして、大巨人の王さまと、大巨人のお妃さまがとても仲良くした結果、おめでたいことにお妃さまがご懐妊なされました。

となれば、産まれてくる子どものためにも、お妃さまは精一杯頑張って栄養をとらなければいけません。

そこで、ただでさえたくさん食べるこの王さま夫婦が、普段よりもずっとたくさんの食事を、しかも、できるだけ栄養のあるものをどんどん食べて、そして生まれたのが、

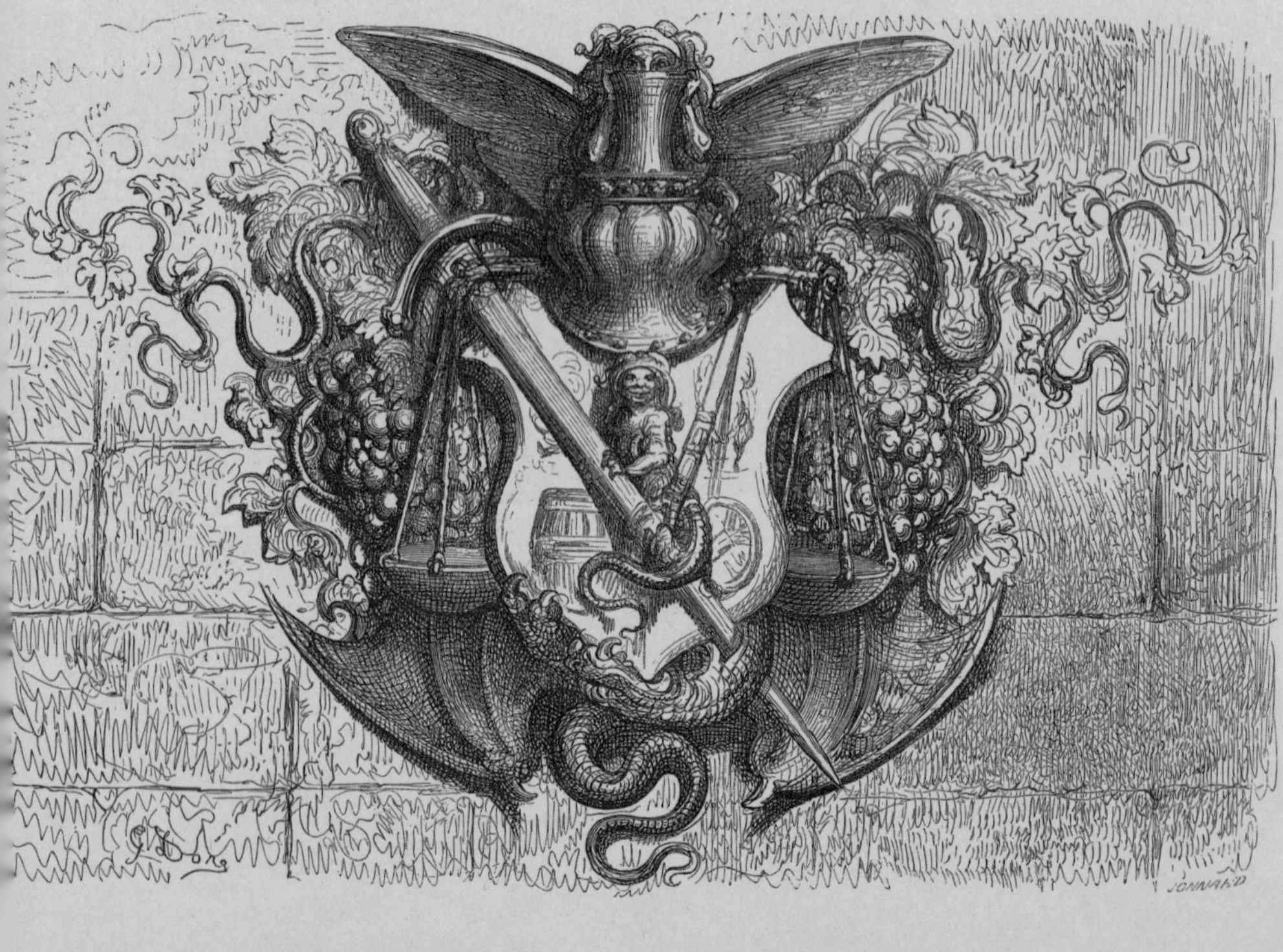

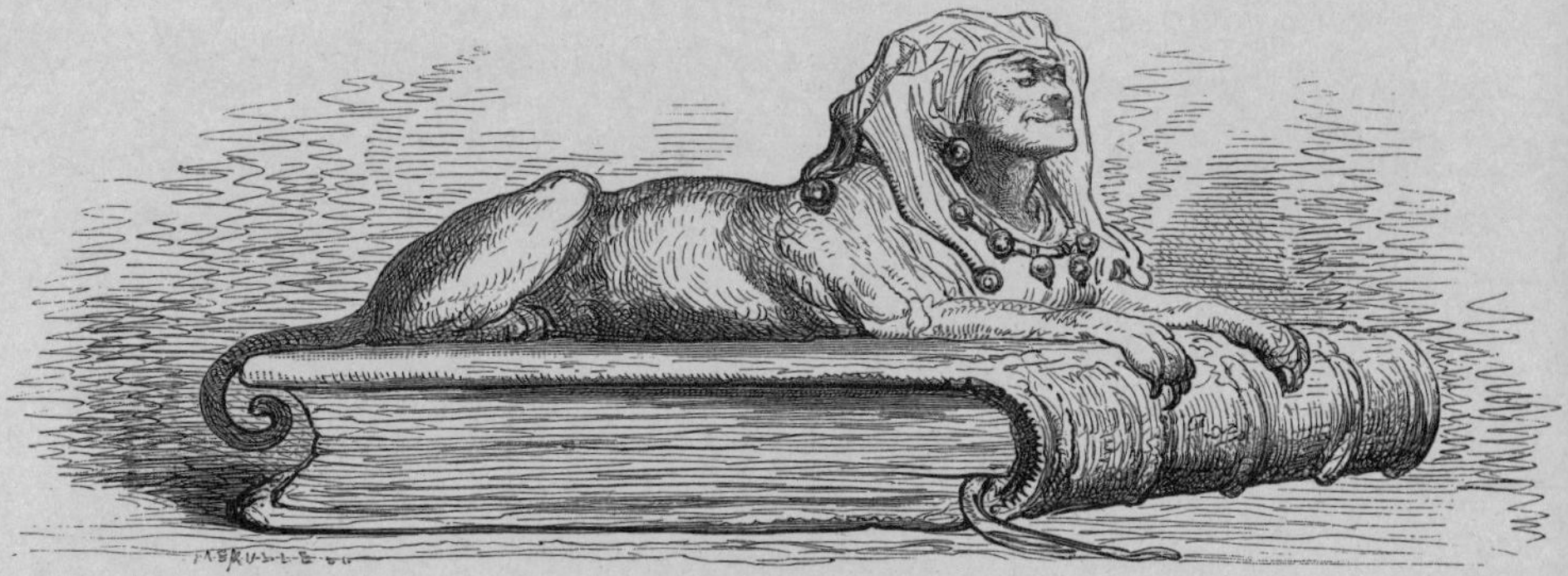

この物語の主人公、ガルガンチュア王子というわけです。

あっ、ちょっと待って下さい。いま気が付いたのですが、話を進める前に、ガルガンチュアの家系が、どうして王家の家系なのかということや、父親である王の名前も、母親の王妃の名前もまだお伝えしておりませんでした。たいへん失礼いたしました。

実はガルガンチュアの父親はグラングジェと呼ばれておりました。でっかい咽《のど》、という意味のフランス語が若干なまった感じです。王妃である母親の名前はガルガメルでした。

ところで、後にガルガンチュアと呼ばれることになる子どもの父親のグラングジェが、どうして王などという地位についているのかといいますと、それは、その父上がやはり王だったからです。その父親、そのまた父親もみんな王さまでした。で、ガルガンチュアの一族は、いったいいつから王さまだったのかということですが、これは、ある大発見をきっかけにそうなったのだということです。

あるとき、この国のお百姓が畑を耕している時に、大きな大理石に金色の飾りがほどこされた、それはそれは立派なお棺を掘り当てました。蓋を開けてみたところ、立派な本が出てきて、そこには王家の家系図が書き記されておりました。それで、そこに書かれてあった家系を調べた結果、ガルガンチュア一族の祖先、ガルガンチュアのひいひいひいひいひい爺さんが、浮かび上がったというわけです。

しかし、これに関しては、やや怪しい噂も、実はいろいろと語り継がれております。といいますのも、その家系図には、遠い遠い大昔の王さまから始まって、その息子が誰で誰と結婚してどうのこうのと、とにかくそれはそれは細かく書かれておりました。その王さまのおかげで、民はみな、もめ事もなく、幸せに暮らしていたとも書かれておりました。

ちなみに、家系図が発見されるまでは、この国には王はいなかったのですが、それを機に、自分たちの国にも王さまがいた方がいいのではないか、ということになり、そんな立派な王家なら、その子孫を王に、ということになったわけです。ところが残念なことに、実は家系図の最後のあたりが、ネズミに齧《かじ》られていて、そこから先が辿りようがなく、王の子孫がはたして誰なのかが、わかりようがありませんでした。

ただ、家系図の最初に、初代の王の体は、それはそれは大きかったと書かれていて、それでたまたま、体が人並みはずれて大きかったガルガンチュアのひいひいひいひい爺さまに、白羽の矢が立ったというわけです。

つまり王家の家系とガルガンチュアの家系とがつながっているかどうかは、本当のところは分かりません。ところがところが、事の始まりがなんであれ、そうして突然、たまたま王さまになったこの王家は、なかなか名君ぞろいでした。

すくなくとも、この一族が王さまになってからというもの、戦争など一度も起きず、人々はみな、食べることを存分に楽しみ、歌を歌ったりお芝居をしたり、ひまさえあれば集まってワイワイガヤガヤ話をしたりと、とにかく、誰もが笑顔で楽しく暮らすようになりました。その理由というのは、これはもうハッキリと、グラングジェと同じように歴代の王さまが食べたり楽しんだりすることが何より好きだったからです。

ハッキリそう思っておりました。
これはもう歴代の大巨人の王さまたちは誰もが
もめ事や悪口が大嫌いで、のんびり楽しく日々を送るのがなによりと
とにかく食べることが大好きで

そんなわけでこの国は、いつのころからか、楽園王国と、そう呼ばれるようになりました。だいたいこの国は、大巨人の家系が食べてこられたくらいですから、普通の人たちが楽しく食べて生きていける程度には国は豊かでした。

そもそも国というものは、戦争なんてことをしなければ、人々はそこそこ食べていけるものです。というか、王さまが武器などという、戦争で人を殺す以外には何の役にもたたないものをつくったり、それを戦争で無駄にしたり、よその国に攻めて行くためにせっせと馬や人を増やしたり、戦争に負けてそれを減らしたり、巨大なお城や城壁をつくるために、畑を耕す時間や遊ぶ時間を民から奪ったりなどしなければ、人というのは、生まれ育った場所で、それなりに生きて行く知恵を、もともと持っているものです。

第二話　ガルガンチュアの誕生

楽園王国は平和で、そこらじゅうに笑顔や笑い声が満ちておりました。

しかもグラングジェ王は
昼寝をしたり
お妃のガルガメルと
愛し合ったりすることに加えいろんなことを
見たり聞いたり知ったりして楽しむことも
大好きでした。

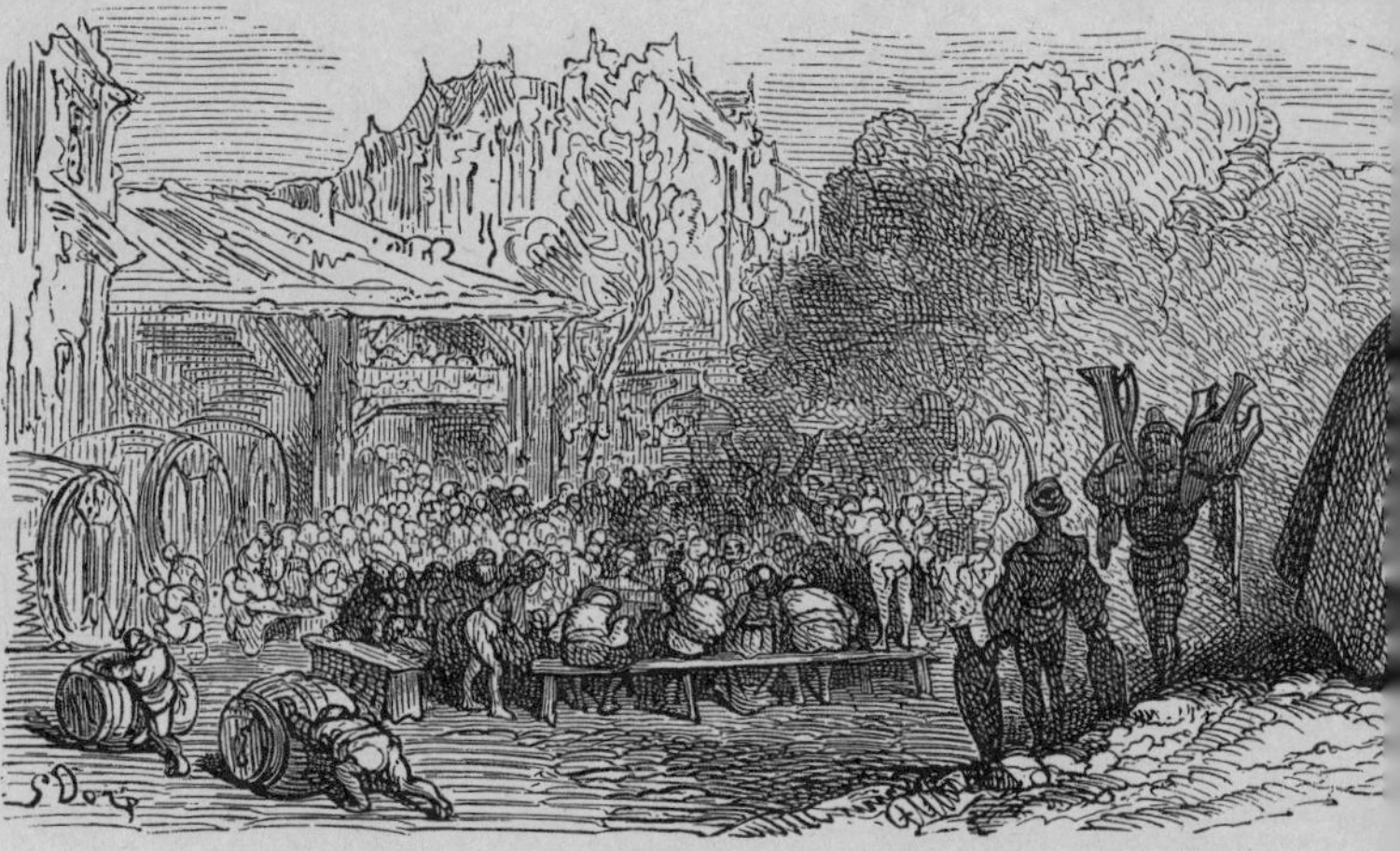

そんなわけで、王宮にはたくさんの物知りたちがおりました。なかには、遠い昔のギリシャの哲学者たちや、イタリアのカエサル大帝のことなどを、なぜかよく知っている人もおりましたし、バカな王たちの失敗談などを、面白可笑《おか》しく話してくれる人もおりました。

そういう話をたくさん聞いた結果、グラングジェが思ったことは、どうやら国というものは、国王が下手なことを考えて無理に何かをやろうとしたり、いろんな規則や罰則で縛って民を導こうとするくらいなら、いっそ、何もしない方が良さそうだということでした。

グラングジェ王は、歌や踊りが好きでした。素敵な歌が歌えたり、美しく楽器を奏でられたりする人を王宮に招いて、美味しい食事やお酒と一緒に楽しむのも好きでした。

お妃のガルガメルといっしょに街に出かけたり
王宮のテラスから、人々が飲んで歌って
愉快に大騒ぎしているのを見るのも大好きでした。

そんなわけで、お妃のガルガメルが身ごもったのを知った時に、グラングジェ王がまず最初に思いついたのは、そうだ、このことを皆に知らせて、民を招いて盛大な宴会を楽しくやろう、ということでした。
そこで妃のお腹が大きくなって、そろそろ世継ぎが生まれそうだという頃、国中に、おふれが出され、王宮で、飲めや歌えの大宴会が催されることになりました。もちろん、食べ放題飲み放題、ぜーんぶ、グラングジェ王のおごりです。

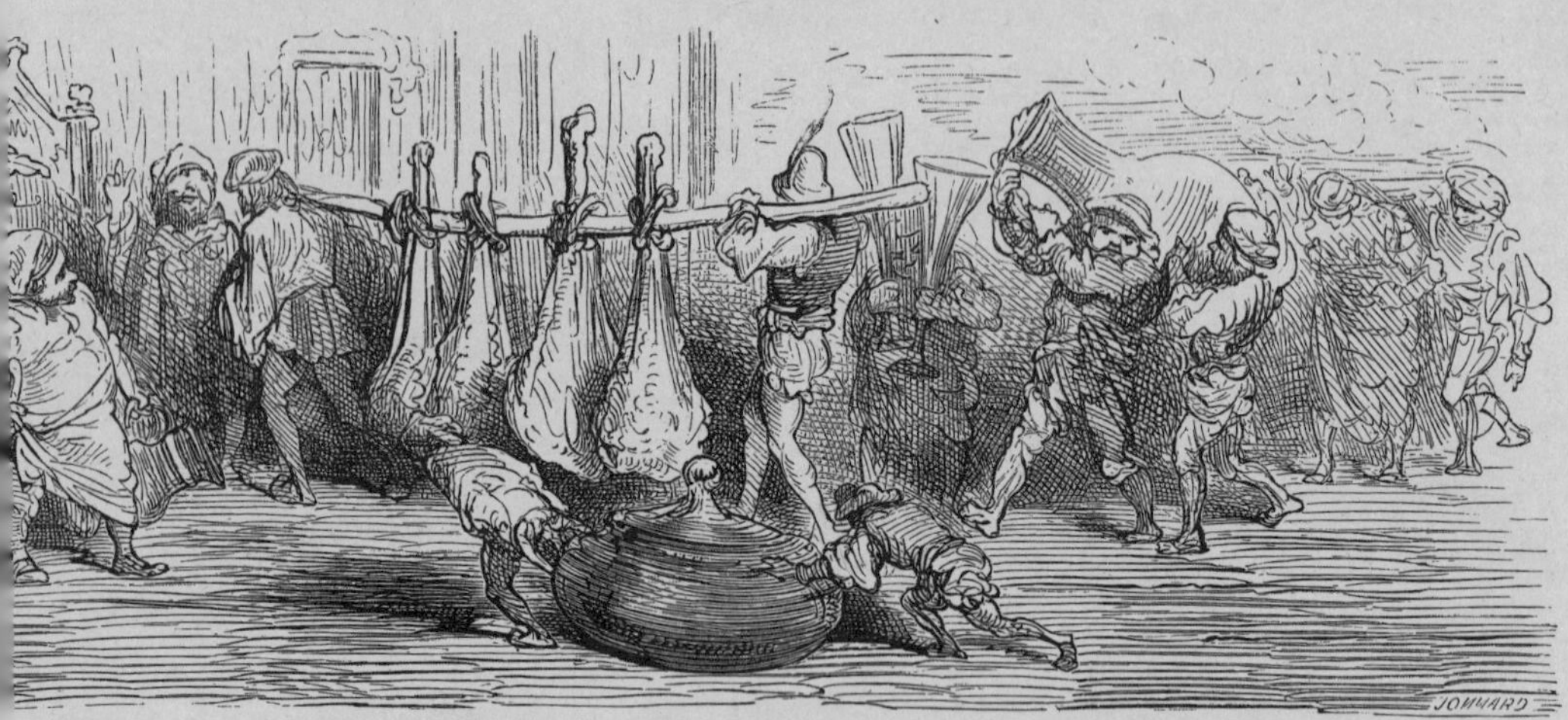

食いしん坊の王さまの国で、国をあげての大盤振る舞いともなれば、料理の材料だってお酒だって、どれだけいるか分からないと、あなただって思うでしょう。

たぶん集まってくる人たちもそう思ったのでしょう。王宮にやって来る誰もが、それぞれ自分の家から、野菜やら肉やらワインやら、それぞれ自分の好きなものをたくさん担いでやってきました。

お妃さまのご懐妊を祝う国をあげての祝宴で、食べ物やワインが底をついてしまっては一大事。こういうときにこそと、それぞれが、美味しいものや珍しいものをいっぱい持って、王宮に集まってきたというわけです。

楽園王国の民たちは、実は王さま夫婦にまけないくらい、食べることも飲むことも大好きで、愛することも歌うことも踊ることも、とにかく楽しんだり喜んだり人を驚かしたりすることが大好きだったので、料理においても、みんな一家言《いっかげん》を持っていて、誰もが自分が美味しいと思うものを家でつくっておりました。

楽園王国の民たちは競い合って普段から
美味しいものをそれぞれが工夫してきたので
民の舌や料理の腕は
たいへん豊かになっておりました。

ですから、ハムでもソーセージでもピクルスでもパテでもチーズでもジャムでも何でも、それぞれ自慢の自家製がありました。人の顔と同じように人の味覚もさまざまですから、集まってきた食べ物もバラエティに富んでいて、まさにこの国の豊かさそのものです。

そんなわけで、王宮の正式の料理が出る前に、そこやかしこで宴会が始まってしまったのは、これはもうしかたがありません。

ところで、肝心の、その日の宴会の正式メニューですが、まずは百種類のつまみと五十種類の前菜。それに百種類のパンやパテなど。それに加えて、民が持ち寄ったものを料理長が味見をして、これはと思ったものなどが特別に少しずつ添えられました。

せっかく持ってきたものが選ばれなかった人の中には、王のお皿に勝手に、自分のつくった腸詰めを放り込んだりする者さえおりました。

そのあとで、いろんな種類のスープがでて、いよいよ趣向を凝らした肉や野菜の料理が食卓に並べられると、グラングジェもガルガメルも、子どものように大喜び。どんどん食べて、普通の大きさの牧場で飼っている全部の家畜ほどの量が、あっという間になくなってしまいました。

国王夫妻は、そこそこお腹が一杯になると、ちょっと一休みということで、腹ごなしのために王宮の庭に出て、民が喜ぶようすを見に行ったりもしました。庭では人々が輪になって踊りながら、老いも若きも男も女も楽しそうに大騒ぎ。

そんな民の姿を見るうちに直ぐにお腹も空いてきて、王宮に戻ってまた食べ直すというありさまで、昼に始まった宴会は、昼寝の時間になっても休むことなく続けられ、日が暮れ始めても続けられ、そのまま晩餐会へと引き継がれました。その間に王宮の酒蔵から消えたワインは、五千樽とも、八千樽とも言われております。

こうして宴会は夜中まで続き、王宮の料理人たちが疲れ果てて眠りについたあとも、集まってきた人々は、今度は、自分たちが持ってきたつまみや酒で盛り上がり、夜を徹しての大騒ぎ。

もはや酔っぱらっていない人など一人もおらず、赤や白やローゼのワインが、どんなに運ばれてきても、砂漠にしみ込む雨のように一瞬にして消え、コニャックやアルマニャックや、りんご酒のカルヴァドスやさくらんぼ酒のキルシェや、すもも酒のクエッチのような強い酒までもが、あっという間に、胃や頭の中で燃え尽きました。もはや誰が何を言っているのかも分からず、というより、誰が何を言ったところで、まともに理解できるような頭の状態の者は、もうどこにもいないというありさま。

酔って話して楽しく時をすごすというのは
人間にとって最高のひまつぶしなので
民は、ここぞとばかりにみんなで飲んで
大いにしゃべり、大いに笑って楽しみました。

そうこうしているうちに朝が来て
それでおしまいかと思いきや
いったん家に帰った人が
とっておきの酒を抱えて
次から次に王宮に戻って来ました。
だれもが笑顔で、この祝宴が
永遠に終わらなければいいと
どうやらみんな思っているようす。

幸い王宮の酒蔵は大きくて、国民が
まるまる一年間宴会を続けてもなくならない
酒樽が熟成を待っていましたし、民もまた、
それぞれ自慢の手作りの酒を蓄えていたので、
どんなに飲んでも酒が無くなる心配はありません。

問題は体力でしたが、これもまた普段から、よく食べよく寝てよく笑う日々を過ごしておりましたので、一晩二晩の深酒はへっちゃら。あんまり歌ったりしゃべったりして咽がすっかりかれてしまった人もいましたけれども、おかげですっかり咽が渇いちゃった、とか言いながら、渇いた咽を、さらにワインを飲んで潤《うるお》す始末。
王宮の係の者たちも、民に負けじと、とっておきのワインを振る舞い、民もまた、みんなに喜んでもらって

こその仕込み酒とか言いながら、どんどん家から運んできます。

いつのまにやら、誰のための何のための祝宴だったかさえすっかり忘れてしまった人もおりましたが、そんなことは、楽しく時を過ごすことの大切さに比べればどうだっていいことなので、誰もそれをとがめたりなど、するはずもありません。

目が覚めて、王宮のテラスに出たグラングジェ王とガルガメル妃は、朝になっても民が騒いでいるのを見ると、嬉しくなってこう言いました。

「あの連中は朝ご飯を食べたのか？　あんなに動いては、さぞかしお腹も空くだろう」

そこでさっそくパンケーキが焼かれ、暖かいカフェオレや搾りたてのジュースなども振る舞われましたが、なかには、そんなものを飲んだら酔いが覚めてしまうと、リンゴでつくったシードル酒を水がわりに飲むものも大勢おりました。

とにかくそうして祝宴は続き、歌声は響き、互いに手に手をとって踊るものや、恋人の手だけを取って恋をささやくものなど、てんでに好き勝手なことをしながら王宮のまわりを練り歩き、王たちもまたそれを見て喜び笑い、大きなお腹の底から楽しみました。

「人間は好きなことをするのがいちばんだなあ」
「そうねえあなた、大好きな御馳走をたくさん食べて」
「大好きなおまえをたくさん愛して」
「そうして、喜ぶ人たちを見て喜ぶのがなによりね」

と、その時、ガルガメル妃のお腹の底が、なんだかむずむずし始めました。笑いすぎたせいかと思いましたが、どうもそうではなさそう。ガルガメル妃が産気づいたのでした。

ガルガメル妃は急いで寝室に運び込まれ
おつきの侍女たちも集められましたが
お妃をベッドに寝かせるだけでも一苦労。

しこたま食べた御馳走と、生まれてくるガルガンチュアのせいで、お腹がポンポコリンになったガルガメル妃は、陣痛の痛みも加わって、もはや動くこともままなりません。下手に手出しをして押しつぶされては大変なので、侍女たちも、何をどうして良いか分かりません。

G Doré

そこに駆けつけたのが、王国一の産婆さん。体が大きかろうと小さかろうとお産はお産、何も心配なさることはありませぬと、まずはグラングジェを落ち着かせ、すでにパニックになりかかっているガルガメルにこう言いました。

「いいですか、気をしっかり持ち、くれぐれも暴れたりしてはいけませぬぞ。どうかあなたの体が人並みはずれて大きいということだけは忘れずに、静かに呼吸を調え、決してドタバタせずに息《いき》むのですぞ。でないと、ベッドが壊れてしまいます。床も抜けてしまいます。そうなったら、産まれてこられる可愛い世継ぎに万が一のことが起こらぬとも限りませぬ。我が子と我が身と、まわりにいるみんなを愛《いと》しいと思うなら、この楽園王国の王妃に恥じない立派なお産を、見事に成し遂げるのですぞ」

とその時、突然ボォーーンと
大きな大砲が打ち放たれるような
国中に響き渡るほどの音がして
巨大な赤ん坊が飛び出しました。

音を聞きつけて飛んできたグラングジェは、赤ん坊を抱き上げて嬉しそうに妻に見せました。

G. Doré

第三話　ガルガンチュアの命名

さて、ガルガンチュアは生まれるとすぐに、大きな産声を上げましたが、その声は王宮を揺るがすほどに大きく、父親のグラングジェは思わず、なんとまあでっかい《ク・グラン・チュ・ア》、とフランス語で言いましたが、赤ん坊の産声のあまりの大きさに鼓膜がおかしくなった家臣たちの耳には、それがガルガンチュアと聞こえ、国王がそのように我が子に命名をしたのだと勘違いしてしまった。家来たちは歓声を上げながら、口々にその名前を口にし、なかにはさっそくテラスから王宮の外に向かって大声で叫ぶものさえおりました。

「王子さまのお名前が決まったぞ」
「王子さまのお名前はガルガンチュア」
「ガルガンチュアさまの誕生だあ」

グラングジェは、いつの間に自分が名前を、と思いましたが、しかしみんなが喜んでいるのを見て、そのまま我が子をガルガンチュアと名付けることにしました。

あっという間に名前をもらったガルガンチュアは、それから赤ん坊なら誰でもそうするように、ワーン、ワーンと、大きな泣き声をあげましたが、それがまたあまりにも大きくて、グラングジェの耳にグワングワン響いたので、頭がぼぉーとなったグラングジェは、息子が、酒《ヴァン》だ酒《ヴァン》だ、と言っているのだとすっかり勘違いしてしまい、慌てて台所に走り、グラスにワインを入れて持ってきましたが、それをガルガンチュアは一気に飲み干してしまいました。

ようするに
ガルガンチュアは
おっぱいよりも先に
ワインを飲んだ赤ん坊
ということになったのでした。

こうして勘違いに勘違いが重なって、生まれたばかりなのに酔っぱらってしまったガルガンチュアでしたが、グラングジェもガルガメルも、赤ん坊がすっかりおとなしくなって気持良さそうに寝たのを見て安心し、もしかしたら酔っぱらって気を失ったのか、などとは思いませんでした。

生まれてそうそうワインを飲んだガルガンチュアは、実はそれからも、ことあるごとにワインを飲まされるようになりました。それは何も、ワインは命の水であるというグラングジェの信念に基づいてということではありません。

ガルガンチュアがぐずったり泣きやまなかったりした時に
ワインを飲ませると、たちまち機嫌がよくなり、
あっという間に泣きやんだからです。

もちろんガルガンチュアがワインだけを飲んで育ったというわけではありません。ちゃんと、ガルガメル妃のおっぱいを飲んで育ったのですが、しかし、ガルガンチュアが生まれてすぐ、王宮の隣の牧場に、一万七千九百十三頭の乳牛が運び込まれたところをみれば、どうやら母親のおっぱいだけでは足りなかったと思われます。

そういう場合、普通は、乳母《うば》というものが雇われて、母親の代わりにおっぱいをあげたりするのですけれども、なにしろ赤ん坊とはいえ、大巨人のグラングジェとガルガメルの息子。人間の乳母では、一口吸われただけで全身が干からびてしまいます。大きいということは、というより、大きすぎるということは、それなりの危険も伴うものなのです。

第四話　ガルガンチュアの成長

さて、とんでもない量のおっぱいやらミルクやらを手当たり次第に飲んだおかげで、もともと巨大な赤ん坊だったガルガンチュアは、さらに大きくなって、というか、成長の度合いそのものは普通の赤ちゃんとあまり変わりませんでしたが、周りのものには、ガルガンチュアがみるみる巨大になっていくように見えました。

もちろん、赤ん坊がすくすくと育つということは素晴らしいことで、楽園王国の王宮でも、グラングジェ王とガルガメル妃は、我が子の成長を目を細めて見守りました。

ところでガルガンチュアは
幼児のうちはいつも裸で暮らしておりました。
両親がガルガンチュアを、
まるでキューピットのように可愛いがっていたからです。

キューピットといえばいつだって裸だし、子どもは裸でいたほうが健康に育つと昔から言われてもいます。けれどもガルガンチュアの場合は、実はほかにも、家臣たちにとって切実な理由がありました。なんせ服を仕立てるのが大仕事だったのです。

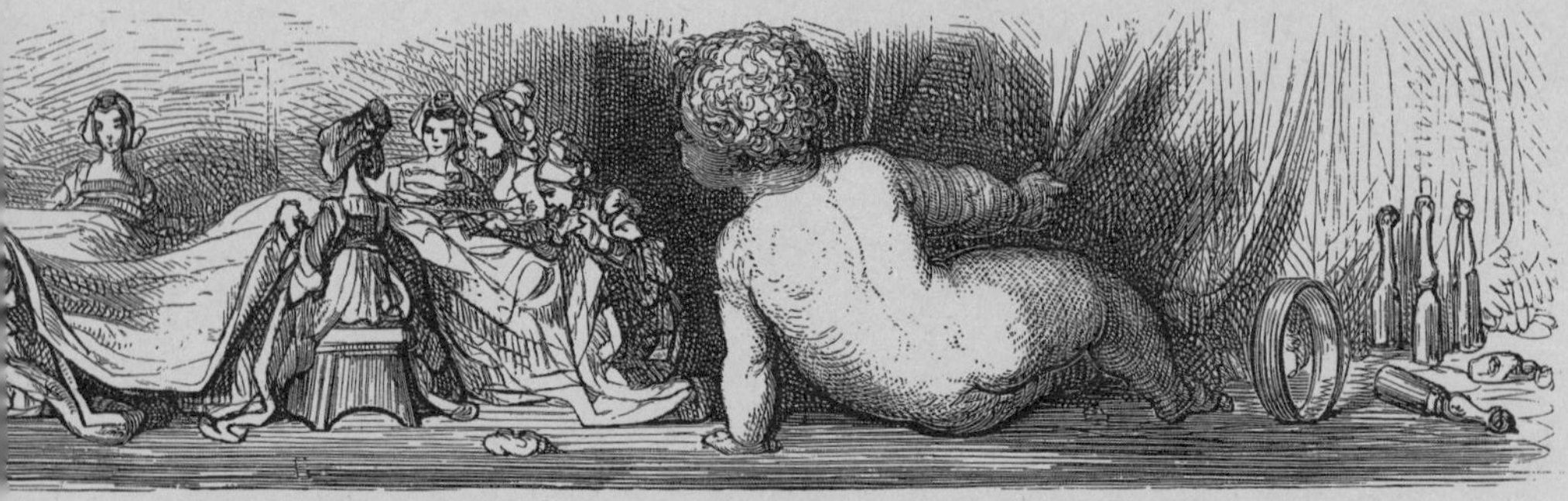

ガルガンチュアがまだ歩けずに、ハイハイしているうちは裸のキューピットのままでよかったのですが、ご承知のように、子どもが天使でいる期間は限られております。好むと好まざるとに関わらず、また王さまの子であろうと庶民の子であろうと、赤ん坊は誰だってすぐに大きくなります。

そんなわけで、よちよち歩きをし、そろそろ外にでもという頃になると、さすがのグラングジェ王とガルガメル妃も、やはりこの子をずっとキューピットのままにしておくことはできないのだなと観念し、ならばちゃんと服を着せなければと思うようになりました。

そこで宮中の侍女たちに命じて
服をつくらせることにしましたが
その材料の量が尋常《じんじょう》ではなかった。

念のために資料を見れば、その時に使った材料は、まず肌着用に、さらっとした肌触りの良い亜麻布《あまぬの》が約千メートル。上着をつくるための純白のサテンが九百メートル。腰ひもをつくるために千五百九頭分の皮が調達

されました。
またズボンを仕立てるために、およそ千百メートルの純白のウール生地、などなど。
靴をつくるためにも、目も覚めるような青のビロードが五百メートル用意されましたし、靴の底に貼るために千百枚もの牛革が使われました。
当然のことながら、たとえ幼くても騎士たるもの、いちおう剣を持たなくてはということで、剣も特別に巨大なものがつくられました。柄飾《えかざ》りには宝石の象眼《ぞうがん》がほどこされたものの、さすがに本体は軽い木でつくられました。

ところが
ガルガンチュアの体はみるみる大きくなり
でき上がった頃にはサイズが合わず
慌《あわ》てて作り直さなければなりませんでした。

ところで、グラングジェ王は、ガルガンチュアのために、白と青というパーソナルカラーを選びました。ガルガンチュアが身に付けるものに関しては白と青の配色が重要で、そこには王の願望のようなものが込められているはずだという憶測も盛んに飛び交いました。

こういったことは、取り巻き連中の格好の話題になるもので、あるものは白は純真な心を、青は広く透き通った愛をあらわすのだと、まことしやかに説明しました。

しかし別の学者は、いやいや白は太陽で青は月、どちらも宇宙の動きを司《つかさど》るシンボルであり、これは夜となく昼となく民を見守る慈愛に満ちた王になることを王が望んでおられるためだと言い張りました。

それに対して王宮の祭司長は、実に冷静な表情で、白はマリアさまが御身《おんみ》にまとう色であり、聖なるものや純潔を、あるいは完全なものや真理や希望、さらには平和や慈悲を表す高貴な色であり、そして青は、天にまします我らが父の色であり、知恵や力や勇気や厳格な愛を表す色でございます、などと、もったいぶって断言しました。

これには一同たじたじとなりましたが、それでも誰も自説を曲げようとはせずに、ああでもないこうでもないと互いに言い張る始末。

そしてガルガンチュアが教会で洗礼を受ける日がやって来ると、主だったものはみな神妙な顔つきで、揃って仲良く儀式に参列したのでした。

洗礼が済んだあと、できるだけガルガンチュアを民に愛される王子にしたいという王と王妃の願いもあって、ガルガンチュアはしばしば外に連れ出され、気軽に楽園王国の民の子と遊ぶよう配慮されました。

ただ、普通の子どもから見れば相手は巨人。しかも王子さま。取っ組み合いの喧嘩をするのは危険ですし、泥んこ遊びで金ぴかの服を汚すのは、子ども心にも気が引けて、誰もがなんとなく距離をおいて接しましたので、ガルガンチュアもまた、自分の大きさが、自分の想いとは無関係に、相手に恐怖や危険を与えるものだということや、身分の高い人につきものの孤独感や寂しさを気持の奥底にしまい込むことなどを、少しずつ、自ずと学んでいったのでした。

そうはいっても、まだ幼いこどもに過ぎないガルガンチュアであってみれば、人並みに大きな声で泣くことも、もっと遊びたいようと駄々をこねることも、お漏《も》らしをすることも、ただ単に虫の居所が悪くて、誰がなだめてもぐずって手足をバタバタさせたりすることもありましたが、機嫌が良い時のガルガンチュアは、なんとなく独特の可愛い気があって、誰からも可愛がられました。

ただ残念なことに同じ年ごろの遊び相手が少なく、そうそう頻繁《ひんぱん》に庶民の子と遊ぶわけにもいきませんでしたので、おもちゃ代わりに、家臣が見つけてきた巨大な子犬などがあてがわれました。ガルガンチュアは、その子犬とじゃれ合ったりするのも嫌いではありませんでしたが、しかしそれより好きだったのは、何といっても侍女たちをからかって遊ぶことでした。

とりわけ木製の剣の先で
侍女たちのスカートめくりをするのが
大好きでした。

もしかしたらガルガンチュアは、根っからの女好きなのではないかと思われました。

それでも、遊び疲れて眠っているようすなどは、体がとんでもなく大きいということを除けば、ただの幼いこどもで、ベッドですやすやと眠る我が子の姿を見ると、グラングジェ王とガルガメル妃は、二人の愛がこんな天使に姿を変えるなんて、人生はなんと素晴らしいのだろうと思わずにはいられませんでした。

しかし、ガルガンチュアは体が大きいばかりで、下《しも》のことがちっとも覚えられなかったので、世話をする侍女たちの苦労ときたら、それはもう大変でした。

そんなわけで、ガルガンチュアは王宮の中ではあいかわらず、ほとんど裸で暮らしておりました。なにしろご飯を食べる時も、巨大犬と床でじゃれあいながら食べるのが大好きでしたので、ちゃんとしたものを着せてもすぐにべたべたになってしまいます。できるだけ手間のかからないものをと考えれば、当然のことながら裸か、裸に近い格好が一番。

もちろん普通の王家であれば、食事のマナーなんかにも厳《きび》しくて、お行儀よくナイフやフォークを使って優雅に食べることを教えるのでしょうけれども、グラングジェ王とガルガメル妃はそんなことには全く関心がありませんでした。

そんなわけでガルガンチュアは

実に気ままに、巨大犬の子犬と一緒に育ちました。

そこらじゅうぺろぺろ嘗《な》めたり、王宮を四つんばいになって巨大犬と一緒に走り回ったりして育ったガルガンチュアは、おかげで何を食べてもお腹をこわしたりなどしない免疫力の極めて強い子どもに育ちました。また これだけ体が大きいと、普通は運動などせず、ともすれば運動神経の鈍いのろまな子どもに育ちかねませんけれども、幸いガルガンチュアは、まるで子犬のように活発な子になりました。嗅覚《きゅうかく》も犬なみに発達し、言葉ではなく、雰囲気で相手の気持をなんとなく感じとる能力さえ、いつのまにやら身に付けたのでした。

もちろんお出かけの際には、ちゃんと服を着なければならず、侍女のなかでもガルガンチュアのお気に入りの侍女たちが、なだめすかして服を着せましたが、これがまた一苦労です。

まずは全身をきれいに拭くところから始まって、これはガルガンチュアも嫌いではなく、気持良さそうにされるがままにしておりましたが、いざ服を着せる段になると急に不機嫌になり、なかなかおとなしく着ようとしません。それどころか、お世話をしている侍女のおっぱいに、素早くさっと手を伸ばしたりするので、服を着せ終わるころには、全員が疲労困憊《ひろうこんぱい》。

そんなことをしているのが、母親であるガルガメル妃に知れたらどうするのと、真面目なあなたならきっとそう思うでしょう。子どものくせにそんないやらしいことをするんじゃありません、しかもあなたは王子でしょうと、普通なら大目玉を食らいますし、それでなくとも、たしなめられたりくらいは、いくらなんでもするはずだと思うでしょう。

一般的には誰でもそうやって、男と女というのは、ある程度の距離を保って接しなければいけないものなんだと教えられます。ところがガルガメル妃には、そんな考えは微塵もありませんでした。

男の子が美しい女の子や女性のおっぱいに
興味を持つのはあたりまえだし
女の子が男の子を好きになるのも
自然の摂理だとガルガメル妃は思っておりました。

だって女である自分は、男であるグラングジェ王が大好きだし、そんな二人が愛し合ってあの子が生まれたんだもの、とか思っておりました。

そんなわけで、身支度が終わって外に出て、ガルガンチュアが街でさっそくスカートめくりを始めても、むしろ笑って面白がるだけでした。

ガルガンチュアの女性好きは、あっという間に知れ渡りました。

散歩しながら
美しい女性を見かけると
すぐに抱き上げて
キスをしたりもしました。

だからといって、乱暴をしたり、嫌がる相手を無視して体に触れたりということはなかったので、そのうち楽園王国の人々はみな、ガルガンチュアさまはそういう王子さまなのだと思われるようになり、適当に笑って相手をしたり、怒ったりいなしたり、時にはからかったりするようにさえなりました。

実は、王子の遊び友達として王宮で育った巨大犬の子犬にも同じようなところがありました。人と犬との見境が全くなく、しかも一匹はメス犬でしたので、

凛々《りり》しい姿をした騎士がやって来たりすると、すぐにぼおーっとなり、トロンとした目をしてすり寄っていったりしました。

そんな光景は城下ではすぐにあたりまえになりましたが、ただ、予備知識もなしに楽園王国にやって来た旅人のなかには、一体全体この国は何なのだと、呆然とする者もおりました。

ところでグラングジェ王は、そういったことをどう思っていたかということですが、それに関しては、息子や子犬が実に素晴らしい育ち方をしていると心から喜んでおりました。

グラングジェ王は、王と民《たみ》であれ、人間と犬であれ
立場や性格の異るものが、互いにそれを意識することなく
分け隔てなく接することは素晴らしく
そうしてみんなで、互いに楽しみ、笑い
共に喜び合うことが何よりも喜ばしいことだと思っておりました。

国を治めるにあたって大切なことは、たぶんそういうことだと思うなあと、何となく考えてもおりました。

そうこうするうちに、ガルガンチュアはさらに大きくなり、王や王妃と一緒に街に繰り出して、民と一緒に飲んだり食べたり音楽を聴いたり、それに合わせて踊ったりしてますます、みんなと楽しく過ごすようになりました。

民もまたそれに応え、王さま一家がやって来ると、みんな仕事を放り出し、それぞれがそれぞれの得意なことを披露《ひろう》して楽しみましたので、国王一家は楽園王国の民にとっては、まるでお祭りのための、大きな生きた山車《だし》のようなものでした。この国では、特に祭りの日というものが決まってはいませんでしたけれども、実際には、王さまやガルガンチュアが街に現れた時がお祭りで、しかもそれはしょちゅうのことでした。

第五話　ガルガンチュアの木馬

そうしてすくすくと育っていったガルガンチュアでしたが、巨大犬の子犬とじゃれあったり、スカートめくりをするばかりではなく、それ以外のことにもやがて興味を持ち始めました。

一番のお気に入りは、何といっても木馬遊びでした。これは楽園王国の大工たちが、ガルガンチュアのために建造してくれたもので、トロイの木馬もかくやと思われるほど巨大なものでした。それが大喜びのガルガンチュアを乗せて揺れ動くさまは、実に壮観でした。

どうして楽園王国の大工たちが、こんなとんでもない木馬を作ったのかといえば、ある日、一人の大工が家の中庭で息子と木馬遊びをしていたとき、ふと上を見上げると、ガルガンチュアが上から中庭を覗《のぞ》き込んでおりました。しばらくそのまま中庭を見つめていたガルガンチュアは、やがて大工の息子が乗っている木馬を指さしてこう言いました。


「そのゆらゆら揺れておるものはなんじゃ？」

「これは木馬というもので、子どもを遊ばせるためのおもちゃです」

「そうか、おもちゃか……」

ガルガンチュアはそう言うと、そのまま王宮に帰って行きましたが、大工の目には、そのようすが何となく寂しそうに見えました。

考えてみれば、どこにでもあるような木馬も
ガルガンチュア王子の場合は、
わざわざ作らなければあるはずもありません。

なんだか王子のことが可哀そうになった大工は、さっそく仲間を集めて木馬を作ることにしました。製作には、楽園王国の腕利きの大工や鍛冶屋や木彫り職人が総出でかかり、それでもまる三ヶ月かかりました。できあがった木馬を見たガルガンチュアは、それまで誰も見たことがないほどの笑顔を浮かべて大喜びし、それからというもの、木馬に乗らない日はないというほど気に入って、朝から晩まで木馬に跨《また》がっておりました。

　これではすぐに壊れてしまうと思った大工たちは、せっせと木馬をつくって王宮に持って行きましたので、ガルガンチュアは、いつのまにやら、大きいのや小さいのを含めて、七台もの巨大な木馬を持つ王子となりました。

　王さまに命令されたわけでもないのに、大工たちがどうして自ら力を合わせてたくさんの木馬をつくってくれたりするのかといえば、これはハッキリ言って、困った人を見ると、何かせずにはいられなくなるという、楽園王国の文化的風土というものが、おおいに関係しておりました。

グラングジェ王も
食べることと同じくらいに
困っている人を見つけるのが大好きでした。

たとえばどこかに、たまたま作物が採れなくてお腹を空かしている人がいると聞けば、すぐに嬉しそうに小麦や豆などを持って、いそいそとその人の家に行き、家のドアの前に食料の小山をそっと作って、おーい、出ておいで、と言うのでした。

驚いた家のものが慌ててドアを開けようとしても、小麦粉が山積みになっているので、ドアは容易には開きません。それでも頑張って開けると、ドアの隙間から、いきなり小麦が洪水のように家の中に流れ込んできて、家の者はたちまち小麦にまみれて粉だらけ。

それを見てグラングジェ王は手を叩いて大喜び。いきなり現れた小麦粉の山に、家の人たちが目をぱちくりさせれば、それを見てグラングジェはまた面白がって腹を抱えて笑い、笑いながら満足したように王宮に帰って行きます。グラングジェは、せっせと、そんな遊びとも人助けともつかぬことをして、人をびっくりさせるのが大好きでした。

そんなわけで楽園王国の民は餓えを経験するひまがなく、悩みといえば、はたして今年は去年よりも美味しい腸詰めがつくれるだろうか、という程度のことでした。

そんなわけで楽園王国では、穀物が余分に採れたりすると、民はすぐにそれを王宮に持って行きました。誰もが王宮の蔵を、自分の家の貯蔵庫のように思っていて、そんなわけで、王宮の蔵はいつでも満杯でした。

さてそんな楽園王国に、ある日、親善大使と称して、あちこちの国から使者たちが一緒にやってきました。

一行の中には隣国のピクロックル王国からの使者もいて、それが後に起きる大事件につながることになるのですが、それは後でお話しいたします。

実は、この使節団というのは
楽園王国がものすごく豊かな国のようだという噂を聞きつけた
周辺国の王たちが派遣した偵察団でした。

一行はまず、王宮を訪ねる前に、城の守りを確認しようと、街のあちらこちらを歩き回りましたが、不思議なことに城壁らしきものがどこにもありません。敵から城を守る濠《ほり》もなければ、王宮の入り口には衛兵はおろか門番さえおりません。拍子抜けした親善大使団こと偵察団は、もしかしたらこれは罠《わな》で、どこからか急に兵隊が現れるに違いない、自分たちがやってくるのを察知して、様子を何気なく見張っているに違いない。よほどたくさんの手だれの兵士を潜《ひそ》ませているに違いないと思いました。

一行があんまり方々をうろうろしておりましたので、そのうち、旅人が道に迷ったのだと思った親切な民の一人が王宮に案内し、一行は、さっそく応接間に通されお茶を頂くことになりましたが、そのテーブルを見て驚きました。そこには山積みになったお菓子があり、ビスケットやクッキーはもちろん、あとで大問題を巻き起こすことになるフーガスや、色とりどりのジャムなどがテーブル一杯に並べられておりました。一行は仰天しながらそれをほおばりました。その美味しかったこと美味しかったこと。そこに楽器を持った人々が現れて、うっとりするような妙《たえ》なる調べを奏《かな》で始めたものですから、一行は目的などすっかり忘れて、もう、どうなってもいいような幸せな気分になりました。

しかし誰かが、ハッと我に返って、おのおのがた、これこそきっと罠ですぞ、われわれを眠らせようという魂胆《こんたん》ですぞ、と耳打ちしたので、一同たちまち目が覚めました。顔を上げると目の前にグラングジェ王がいましたが、その姿を見て偵察団は、これも夢かと目をパチクリさせました。そこには、とんでもない大巨人がいて、こんなことを言いました。

「ねえ、君たちの国に餓えている民はいないかな？　もしいるのなら、帰る際に牛車に積めるだけの食料をお土産に持たそうと思けど、どうかな？　だって王宮には、たくさんの食料があるからね」

そういうとグラングジェ王は、偵察団を王宮の食料貯蔵庫がズラーッと並んでいる場所に連れて行き、案内された偵察団は、楽園王国のあまりの豊かさに圧倒されましたが、グラングジェ王は、それではゆっくりしていってくれたまえ。いつまでいてもいいし、どこに行ってもいいからね、と言うと、さっさと王宮の奥に消えてしまいました。呆気《あっけ》にとられた一行が、おそるおそる王宮の中を用心深く探索《たんさく》しておりますと、向こうの方から巨大な子どもが巨大な木馬を引きずってやって来ます。偵察団は、子どもであれば、王のように自分たちを煙に巻くことはないだろうと思い、まずは疑問に思っていたことを聞きました。

「あのね坊や、これだけ大きいお城だと、普通は兵隊さんや軍馬がたくさんいると思うんだけど、どこにいるのか教えてくれる？」

「馬なら屋根裏部屋にいるよ、見せてあげるから、ついておいでよ」
やっぱり隠していたんだ、それにしても馬を屋根裏に隠すとは、なんという謀略。そんなことを思いながら一行は、ガルガンチュアの後について長い廻り階段を登って行きましたが、しかし、巨大な屋根裏部屋にあったのは生きた軍馬ではなく、何台もの巨大な木馬でした。駄目だ、こんな幼子にまで大人を誑《たぶら》かす悪知恵と腹黒さと演技力があるとは。しかもあの財力だ、とうてい太刀打ちできる相手ではない。偵察団は楽園王国の底力と謀略力に恐れをなし、さっさと退散することになりました。
こうして周辺諸外国の、親善使節団こと偵察団は、何があっても楽園王国とだけは事を構えないよう報告しなければと、固く心に決めて王宮を出ました。
ただピクロックル王国の使者だけは、異常なほどの食いしん坊でしたので、お菓子をたくさん食べたあたりから、その美味しさで胸が一杯になり、また、それを思う存分食べないうちに食料庫に行った残念さで泣き出しそうになり、しかもそこに、お菓子の材料が無尽蔵《むじんぞう》にあるのを目撃したあたりから、すっかり頭が変になってしまいました。
結局、お菓子が
ものすごく美味しかったという
そんな記憶だけを抱えて国に帰ったのでした。

第六話　ガルガンチュアの才能

　さて、こうして健やかに育ち、というか、どんどん巨大になっていったガルガンチュアでしたが、肝心のおつむのほうはといいますと、頭がとてつもなく大きく、そのぶん脳みそも大きいはずですから、そこそこ賢そうな子どもに見えました。言葉の覚えもまあまあ早いほうでした。

　侍女たちをからかって遊ぶのは相変わらず大好きでしたが、そんなときにも、言語感覚に独特の輝きがあるように、グラングジェには思えました。

　ガルガンチュアは、おしゃべりな侍女たちにかこまれて育ったこともあって、かなりませてもいて、ときどき大人のような口のきき方をしてみんなを驚かせたりしました。女言葉を身振りも添えてそれらしく使ってみたりなどしながら侍女たちと遊び、侍女たちもキャーキャー言いながら逃げ回ったり、ガルガンチュアが負けるに決まっているかくれんぼをして遊んだりもしました。

　それを見てグラングジェ王は思いました。

どうも王子には特別の才能があるのではないか。

とりわけ詩人としての資質の豊かさには目を見張るものがあると親馬鹿ならではの過大評価をしたのでした。


そして、この才能に大輪の花を咲かせ、いずれダンテやヴィルギリウスと肩を並べる詩人に育て上げることこそが親のつとめと思い込みました。思い立ったが吉日。グラングジェ王はさっそく野山にガルガンチュアを連れ出し、美しい自然のなかで、詩人にとって何よりも必要な感性を磨《みが》かせることにしました。

美しい花や水、木の葉を揺らして木立をわたる風の音や、愛をささやく鳥の声などの、抒情《じょじょう》詩人としての定番のアイテムに触れさせることはもちろん、息子がいずれ自分の手を離れ、新しい時代の詩人として世に飛び立つためには、それだけでは不十分だと考え、森の獣や草葉の陰の小さな虫などにも、それぞれたったひとつの命があることを教えました。さらには叙事《じょじ》詩人としての豊かさも必要と、楽園王国の歴史はもちろん、遠い国々のいにしえの物語を語り聞かせるなどして、感性と知性を兼ね備えた詩人に育ってくれるよう心のそこから願いました。

ところでグラングジェ王は、みんなとはちょっと違う、ようするに変人と思われているような人とか、一般的には怠け者とされるような人たちのことが大好きでした。

野原に寝ころんで雲が流れるのを、ぼおーっと眺めている人や、丘の上にたった一人でじいーっと坐って陽が沈んで行くのを見つめていたりして、あいつはバカだと思われているような人のことを聞くと、嬉しそうに会いに行ったりもしました。

というのも、きっとその人は、自分がまだ知らない面白いことを知っているにちがいないと思うからです。だから、そういう人こそ大切にしなければと思っておりました。

そんなわけで、王宮には実に多くの変人がいて、朝から晩まで笛を吹いたり弦楽器を弾いていたりする人はマシな方で、なかには一日中アリを眺めていたり、棒で地面に模様のようなものを描いてばかりいる人もおりました。

そんな人たちを見るたびに、グラングジェ王は幸せな気持ちで一杯になりました。この世には、自分がまだ知らない喜びや楽しみや安らぎが、まだこんなにもたくさんあるんだと想うと、なんだか胸がわくわくしてくるのでした。

グラングジェ王はそういう人たちを僕の明日の楽しみの宝庫と名付け略して、アシタノコと呼んでいました。

グラングジェ王にとっては、人が喜ぶのを見て喜ぶのと同じくらいに、知らないことを知る喜びを想ってわくわくすることも、大きな大きな楽しみでした。

しかし、なにかの拍子に思いがけず、そういう人が奇跡的に何か具体的なことの役に立つということも全くないというわけではありませんでした。あるときガルガンチュアが珍しくお腹をこわしたとき、毎日まいにち木の葉っぱを山に取りに行き、帰ってくるとそれをオデコに貼って一日中ずうーっと坐っている人が、何も言わずに、たまたま自分の額に貼り付けていた一枚の葉っぱを侍女に手渡し、侍女が試しにガルガンチュアにそれを食べさせてみた途端、ぴたっと、腹下りが治ったということもありました。

もちろんそれは、単なる偶然かもしれませんし、巨大犬の子犬のお皿をぺろぺろなめて育ったガルガンチュアの、バクテリアも黙る免疫力と回復力のせいであったかもしれません。ともあれ、グラングジェ王が大好きなのは、どうしてかは分からないけれども、どうでもいいようなことに妙に興味を持っている人たちでした。

そんななかで育ったガルガンチュアも
ハッキリ言って変な子でした。

ある日王宮の庭で遊んでいたガルガンチュアが、死んだガチョウを持って、虚《うつ》ろな表情でグラングジェのところにやって来ました。どうしたんだねと訊《たず》ねたグラングジェに対し、ガルガンチュアはこんなことを言ったのでした。

「いつもみたいに池のそばの庭で泥んこ遊びをしてたんだ、そしたらガチョウがやってきて羨《うらや》ましそうに僕のほうを見たから、一緒に泥んこ遊びをしたんだ。そしたら僕もガチョウも泥だらけになって、それで、そうだ良い考えがあると思って、お風呂で侍女がやってくれるみたいに、石鹸であぶくをいっぱいつくって、それで僕の体とガチョウを洗ったんだ。それで二人ともあぶくだらけになったので、ソレーッって言いながら、一緒に池の中に走って行って体を洗ったんだ。そしたら、いつもはスイスイ泳ぐガチョウが、ぶくぶく水に溺れ

て死んじゃったんだ……」

それを聞いたグラングジェ王は、思わずガルガンチュアをひしと抱きしめてこう言いました。

「ああ私は何という素晴らしい子を授かったのだろう。泥んこになったガチョウを洗ってあげようという、この子の心の優しさが素晴らしい。くちばしから出る油を羽根に塗って、それで水を弾いて水に浮かぶガチョウの羽根の油をとってしまえばガチョウが溺れることを、幼い子が知らなかったのは無理もない。言葉の感覚や感性の豊かさといい優しさといい、この子の大きな体には溢れんばかりの才能と賢者の心が宿っている。ああ、この子がさらに、知識と技と経験を身に付けたなら、どんな素晴らしい人になるだろう」

第七話　ガルガンチュアのお勉強

さて、息子が天才だと確信したグラングジェ王は、国の名だたる学者を選りすぐってガルガンチュアに教育をほどこすことにしました。集められた学者は、天文学者や地理学者や歴史学者はもちろん、言語学者や美術学者や数理学者などもいて、主に、それぞれの学問の中の、実に細かな分野を探求している専門家たちでしたが、なかには、水晶玉の光が未来に与える影響などという、学問だか占いだか分からないようなことを研究している未来学者もおりました。王宮には本当の物知りに混じって、そういう下らない学者も大勢いましたけれども、グラングジェはもともと鷹揚《おうよう》な性格で、どの学者が本当の知恵者なのか、などということは実はどうでもいいことでした。

ただガルガンチュアの先生を、あまり適当に身の回りから選んでしまったのでは、たぶん自分を超える王にはなれない。息子には、できることなら、世界一の賢者になってもらいたいと想ったグラングジェは、何だかよくわからない、誰も知らないようなことを研究していて、当然、自分の専門に関しては誰にも負けないと自慢している学者がいいかな、と思ったのでした。

こうしてなんとなく大変偉いとされている
あるいは自分で偉いと思っている大先生たちが
ガルガンチュアの家庭教師をすることになりました。

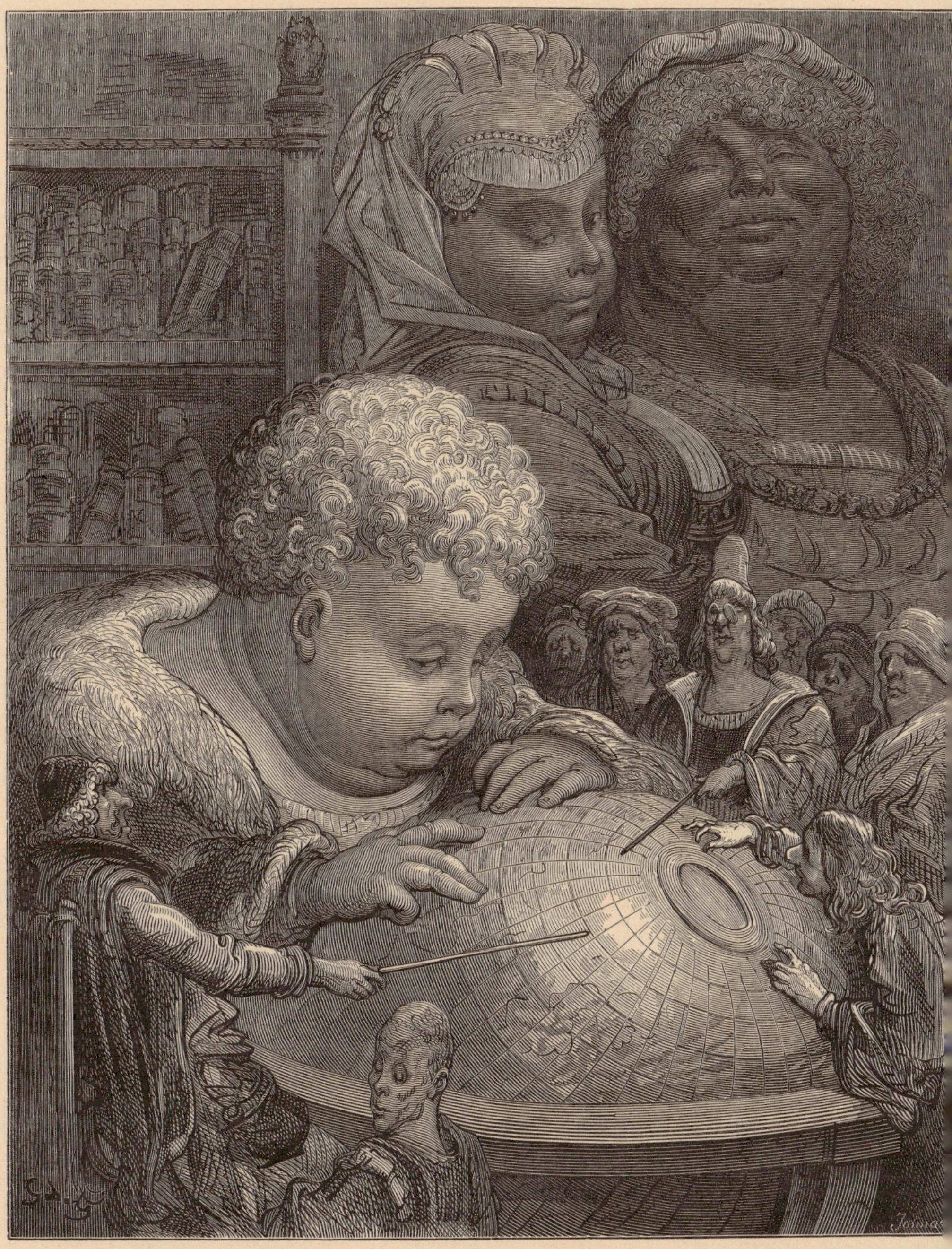

そんなわけで選ばれたのは、ハッキリ言って、下らないことを頭に詰め込んで、それが凝り固まってガチガチの石頭になってしまったような大先生たちでした。

こうしてガルガンチュアの英才教育が始まりましたが、しばらくすると大先生たちが口を揃えてこんなことを言い始めました。

「王さま、ガルガンチュアさまは、食事と同じように学問に関しても大変のみ込みが早うございます。ですから、あの大きな頭の中がスポンジケーキのように柔らかく、あっという間に知識という知識を吸い込んでしまえる今のうちに、もっと高等な学問の段階に進まれるべきであると思われます」

グラングジェ王は大喜びし、息子の才能は自分の想像をはるかに超えて、もしかしたら、偉大なるソクラテスやアリストテレスと、やがて肩を並べるほどの資質の持ち主なのかもしれない。ここは大先生たちの進言を受け、とことん英才教

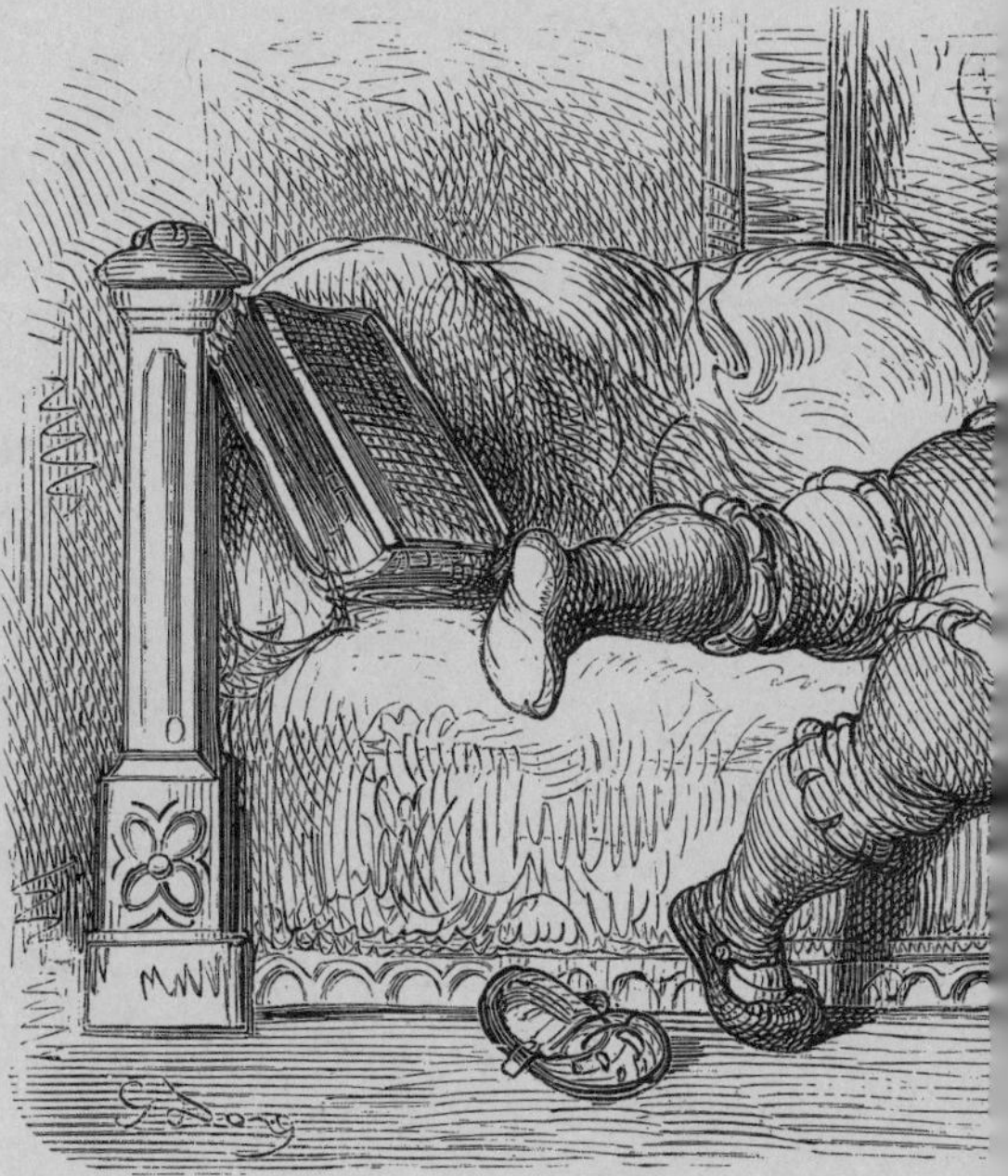

育を施そうと思いました。
たしかにガルガンチュアは覚えが良いように見えました。大先生たちが長々と、あれはこうこれはこうと説明し、分かりましたね王子さま、と言うたびに、ガルガンチュアが、うん分かった、とうなずいたからです。横で見ていたグラングジェは、心底感動して泣きそうになりましたが、しかし事実はちょっと違いました。

ガルガンチュアはただ単に
先生たちの言うことに
素直に相づちを
打っていただけでした。

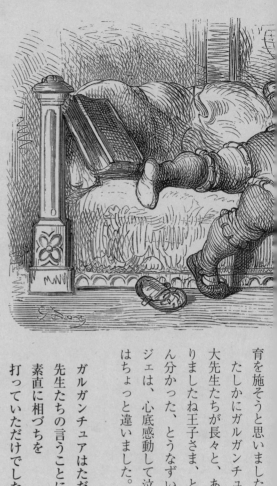

実際は、もともと幼児教育なんかには興味がなく、自分たちの専門知識にしか関心がない大先生たちは、ガルガンチュアが何に対しても、うん分かった、と言うのをいいことに、誰が聞いても何にも分からない自分だけが興味のある専門知識を、王子の大きな頭にどんどん詰め込みたかっただけでした。

いくら大きな頭でも、大人が聞いても分かるはずもないことを朝から晩まで、たとえば朝の授業で、月の穴ぼこの数と満月の夜の狼の遠吠えの長さの関係を、その後で、古代語の文法における過去形のパターンの数などを教え込まれれば、誰だって頭が変になります。

案の定、幼いガルガンチュアの頭も、あっというまにすっかりおかしくなりました。頭がクラクラしてきたガルガンチュアが、急にケラケラと笑い出すと、大先生たちは、自分の講義がそんなに気に入ったかと、さらに弁舌をふるう始末。そんなことが二週間も続いたせいで、頭が割れるように痛くなり、ガルガンチュアはとうとう大きな声で泣き始めました。

ガルガンチュアがワンワン泣くのを見てグラングジェは心配になりましたが、それを見てまわりの者が言いました。

「王さま、あれはきっと遊び友達の大きな子犬を呼んでいるに違いありません」

そこでグラングジェ王は、幼いガルガンチュアが、もうすこし落ち着いて勉強できる環境を整えようと、家臣に子犬たちを連れて来るように命じましたが、ガルガンチュアは、本当はそんなことで泣いたのではありませんでした。

ガルガンチュアが泣いたのはわけの分からない知識を詰め込まれて頭が痛くなったからでした。

ともあれ、王の命を受けて、家臣たちが大きな子犬を連れてこようとしたとき、騒ぎを聞きつけて王宮の教会からやって来た偉い僧侶が、グラングジェ王に向かって、今度はこんなことを言い始めました。

「王さま、遊び相手なんか連れてきてはなりません。それは王子を、甘やかすことにしかなりません。ちゃんとした教養を身に付ける妨げになるだけです。グラングジェ王、あえて申し上げますが、あなたの過ちは順序を間違えたことです。

子どもに勉強をさせる場合は
まずは最初に
ちゃんと躾《しつけ》というものを
しなければなりません。

神を敬い、父母を敬い、年上のものを尊敬し、神から与えられた知識や道徳というものの大切さに謙虚にひれ伏すことを、全身に覚え込ませたうえで学ばさなければ何も身に付きません」

こうして子犬を連れてくる案は、あっという間に却下《きゃっか》され、ガルガンチュアは今度は、勉強させられるかわりに、朝から晩まで僧侶のお説教を聞かされるはめになりました。

聖書の一節を暗記させられたりもしましたが、今度の先生は、さあ、先ほど申し上げた有り難いお言葉を、暗唱なさって下さい、と復唱させることを忘れなかったので、ガルガンチュアは覚えのいい子から、たちまちものすごく覚えの悪い子になってしまいました。

おまけに、口答えの一つもしようものなら、たちまち先生のお叱りとお仕置きが待っているので大変です。お仕置きというのは具体的には、すみません、そのようなことはもう二度と言いませんアーメン、とガルガンチュアが言うまでは、食事をさせないというものでした。

これは僧侶の、躾けというものは人間の子でも犬の子でも同じだという、聖なる信念に基づくものでしたが、これにはガルガンチュアはすっかり参ってしまいました。一度目、二度目はなんとか、しくしく泣きながらおわびの言葉を言って許してもらいましたけれども、とうとう三度目に、それではまたお仕置きですな、と言われた途端、ガルガンチュアは、王宮全体が楽器となって鳴り響いたほどの大きな声で泣き叫びました。

それを聞いて、今度は王宮に居候《いそうろう》をしながら王のお話相手をしている人で、みんなからノホホン哲学者と呼ばれている変人がやってきてこう言いました。

「王さま、あたりまえですよ、あんな年よりの先生ばかりでは退屈してしまいます。

家庭教師をつけるなら、できるだけ年齢が近い、歳相応の先生を選ばれるのがよろしいでしょう」

これにはグラングジェ王も、さすがに哲学者というものは、もっともなことを言うものだと思いました。特に、知恵というものは歳相応につくものだというところにはいたく感心しましたが、しかし、同じ年頃の幼子でガルガンチュアに教えられる先生というのは、国のどこを探しても見つかりません。

そこで、勉強がとても良くできるということで評判の青年が家庭教師に選ばれ、ガルガンチュアができるだけ退屈しないよう、遊び相手である巨大犬の子犬と一緒に勉強することになりました。

しかし、この先生もいまいちでした。教科書を覚えたり、試験でいい点を取ったりすることと人に教えることとは違います。というか、ハッキリ言って、千のことを知る者が、やっと一を教えられるというのが教育というものの基本。かりに千人の生徒がいたとして、千人に向かって同じことを言うのではなく、一人ひとりに違う教え方ができてはじめて、一人を教えられるのが教育者。

ところが、青年先生は単にお勉強ができる学生にすぎませんでした。

たとえ知恵はなくても、一緒に遊び、一緒に考えてくれるのならまだしも、この青年は教科書を丸暗記するのが上手なだけの、ようするに記憶力が人より少しばかり良くて、かなり要領がいいだけの若造でした。

そんなわけで、やっとお兄さんに遊んでもらえるぞと喜んだガルガンチュアでしたが、侍女たちと違って、お兄さんはちっとも遊んでくれません。子犬だっているのに、やることといったら、またまた教科書を渡されて、算数だの国語だの面白くもないお勉強。

もういやだ、早く美しい侍女のお姉さんたちのところに行ってスカートめくりがしたいなあとガルガンチュアは思い、そのことを先生に言うと、たちまち先生の眼が輝き始めました。

「その美しい侍女というのはどこにいるの？」

「侍女たちの部屋にいっぱいいるよ、呼んだらすぐに来てくれるよ」

「ちょっと呼んでみてくれないかなあ」

「いいよ、誰がいい？　マルタは背が高いし、ローサは髪が長いし、イザベルはおっぱいが大きいし、マリーは声が大きいし、パスカルは目が大きいし、アナは歌が上手だし、ソフィは逆立ちが、カトリーヌはお風呂が、ブリジッドは耳掃除が、カトリーヌは手品が上手だし……」

「誰でもいいけど、できれば若くて可愛い娘がいいなあ」

「みんな可愛いよ。そうだなあ、クリスチーヌ、フローラ、フランシーヌ、イボンヌ、マドレーヌ、ポリーヌ、ニーナ、ジャネットがいいかな、待っててね、呼んでくるね」


ガルガンチュアに連れられて勉強部屋に入ってきた侍女たちを見て、青年先生は失神しそうになりました。さすが王宮。若くて美しい女性がずらりと勢ぞろいして、何かご用ですか？　と、まるで妖精が歌でも歌うかのように声をそろえてニッコリと微笑んだものですから、もしかしたらここは天国かと、青年教師はすっかり舞い上がってしまいました。

頭はのぼせ、胸は高鳴り、目はランラン。いつも王宮の中に女同士でいて、あまり若い男性と触れ合う機会がない侍女たちも、年ごろの男性を目にしてまんざらでもないようす。

青年はいそいそと彼女たちに近より、どの娘にしようかと目移りしながらも、なかで一番笑顔が可愛いフローラという娘を、さっそく誘惑し始めました。

そこが王宮で、彼女は侍女で、自分が王子の家庭教師だということなどすっかり忘れた青年が、侍女の手を

撫でながら、なんだかんだと甘い言葉をささやいてウットリとしていると、それを見たガルガンチュアが、突然大きな声で泣き出しました。

こんどこそお兄さんが侍女と一緒になって遊んでくれると思ったのに、ガルガンチュアのことはそっちのけで、お気に入りのフローラといちゃいちゃするばかりなので、なんだか無性に、悲しくなってしまったのです。騒ぎを聞きつけてやって来たグラングジェも、これにはがっかり。

この子に相応しい先生は
どうやらこのあたりにはいないようだと
つくづく思ったのでした。

第八話　ガルガンチュアの留学

グラングジェ王は、ガルガンチュアには、なんとしても、もっと広い世界で、ちゃんとした教育を受けさせなければと考え、ガルガンチュアが旅に出ても大丈夫だと思える頃になると、一大決心をしました。

華の都パリに
ガルガンチュアを
留学をさせることにしたのです。

お付きの者たちには、ガルガンチュアのお気に入りの家臣たちのなかから機転の利く者や、争いごとを起こさない穏便《おんびん》な者をそろえました。しかし、昔から可愛い子には旅をさせろとはいうものの、パリはあまりにも遠い。いくらガルガンチュアが大きくて、一歩の歩幅が、普通の人の何十倍もあったとしても、体重だって何百倍も重い。

そんな重い体で、これまで一度も楽園王国から出たことのない可愛いガルガンチュアが、パリまで行って帰ってこなければいけないかと思うと、グラングジェは心配でたまりません。しかも、愛する王子がそばにいなくなることを考えると、なんだか無性に哀しくなってくるのでした。

可愛い我が子にせめて馬をと、グラングジェ王は思いましたが、今や立派な大巨人に育ったガルガンチュアを乗せられる馬など、そう簡単に見つかるはずもありません。

そんなこんなで、ガルガンチュアの留学はのばしのばしになっていたのでしたが、ある日、ほうぼうに巨大馬を探しに行っていた家臣の一人から、とうとう巨大な馬が見つかった、これから連れて帰りますという知らせが入りました。

連れて来られた巨大馬を見て、グラングジェ王は驚いた。もちろん家臣や民は、もっともっと驚きました。なにしろ蹄《ひづめ》の大きさだけでも人の背丈ほどもある。それがガルガンチュアを乗せて歩くさまは、まるで巨大な動くお城のよう。

一歩歩くごとに地響きがして大地が揺れる。見上げれば、巨大馬が脚を踏み出すそのさまは、まるで大木が空から降ってくるかのよう。

しかも巨大馬は大きいだけではなくて、遠くから眺めれば、実に見事な姿をした馬でした。ガルガンチュアは得意になって巨大馬に跨《また》がって城外を駆け回りましたが、そのたびに、まるで地震のように地面が揺れます。

上機嫌のガルガンチュアは、さっそく愛馬にドスンコユラリという名前をつけ、グラングジェ王は、こんな立派な馬がいれば長旅も安心と大喜びしましたが、しばらくすると、ドスンコユラリは、単にガルガンチュアを背に乗せることができるというだけではなくて、ほかにもいろいろと役に立つことが分かりました。

ある日、ガルガンチュアが王宮を出て遠出をした時、馬が駆けるたびに蹄で地面が掘り起こされ、通った後には、まるで何十人もの農夫がせっせと開墾《かいこん》したかのように大地が深く耕されて、あっという間に農地ができました。農民たちは大喜びし、面白くなったガルガンチュアは、平らなところばかりか、小山などを、馬の脚で崩して瞬く間に畑に変えました。

ガルガンチュアはせっせと駆け回って畑をつくり、そして畑と畑の間を、ゆっくりと丁寧に踏み固めて道をつくったので、たちまち広大な、整備された農地ができました。

「なるほど、大きな自分や大きな馬が、こんなふうに役に立つこともあるんだ」

これまで豊かな楽園王国の王子として、なに不自由なく育ってきたとはいえ、自分が巨大なことでなにかと不便な想いもしてきたガルガンチュアは、なんだか嬉しくなりました。

こうしてガルガンチュアとドスンコユラリは留学する前に広大な農地をつくりました。

そうこうするうちに、いよいよパリに向かってガルガンチュアが出発する日が来ました。グラングジェ王とガルガメル妃は、門のあたりから手を振って名残を惜しみましたが、ガルガンチュアがいよいよ門を出ると、二人は我慢できずに王宮の外に出て、大きな馬に乗った大きなガルガンチュアが小さくなるまで、泣きながら手を振って見送ったので、二人が立って見送った場所には、二人が流した大量の涙で大きな池ができました。

お供を連れたガルガンチュア一行の旅は、いちおう順調に進みました。いちおうというのは、ガルガンチュアを乗せたドスンコユラリが一駆けすると、遥か彼方にまで行ってしまうので、お付きのものたちが必死でそれを追い、ガルガンチュアが遠くで、彼らが到着するのを待つという、はたしてお付きのものたちが、ガルガンチュアの旅を助けるためにいるのか、それとも、ただの足手まといになっているだけなのかが分からないような旅だったからです。

そんなことを続けるうち、しょっちゅうお供の者たちを待っていなくてはならないガルガンチュアは、だんだん退屈になり、ドスンコユラリも元気が余って鼻息が荒くなり、うっかりすると勝手に暴走してしまいそう。

そんなある日、いつものように、大きな森のある手前で、お付きのものたちを待って閑を持て余していた時、ガルガンチュアが一石二鳥の妙案を思いつきました。

そうだ、待っている間に
あの森を畑に変えてやろう。

ガルガンチュアがそんなことを考えついたのにはわけがあります。旅に出る前にドスンコユラリと野山を駆けて農地をつくり、みんなに喜ばれたからということもありますけれども、それに加えて、ドスンコユラリの尻尾が特別だったからです。

馬の尻尾の毛というのは一般に、細いけれどもたいそう丈夫で、実はよく見ると、鱗《うろこ》のようなものがたくさんつながってできています。風に吹かれてなびくほどに軽くて細いのに曲げても折れたりしないのはそのせいで、ヴァイオリンの弓に馬の毛を使うのも、その鱗のようなものが弦に引っかかって音が出やすいからにほかなりません。

しかしそれはあくまでも普通の馬の話。巨大なドスンコユラリの尻尾の場合は、一個一個の鱗の大きさも硬さも尋常ではなく、チェーンソーの刃のようなものが連なった巨大なはがねの鞭《むち》のようなもので、ハッキリ言って、それはもう一種の巨大な破壊武器。

そんなわけで、家来たちを待つ間、森の手前でドスンコユラリが鼻息も荒く、尻尾を勢いよく振り回しているのを見たガルガンチュアは、そうだあの尻尾があれば、森の木を伐《き》るのなんて簡単なことだ、と思ったのでした。

はたして、ドスンコユラリが尻尾を扇風機のように回しながら森の中に入ると、木という木が、面白いようになぎ倒されました。誰に頼まれてもいないのに、あっという間に、うっそうとした森を畑に変えたガルガンチュアは、これで近くの農民たちが大喜びするに違いないと、得意になってその場を離れました。

ガルガンチュアはしかし、森がなくなったせいで、そこに住んでいた無数の鳥や獣たちが、行き場をなくしてしまったことには気付きませんでした。

ガルガンチュアの姿が見えなくなったあと、恐る恐る現れた動物たちや虫たちは、森が跡形もなくなり、自分たちのすみかだった場所が、おがくずだらけのだだっ広い場所になってしまったのを見て呆然と立ち尽くしました。

行き場を無くした鳥たちは、うろたえて空を右往左往し、森から生きる糧《かて》を得ていた猟師たちもまた、あまりのことに涙を流しました。なにもガルガンチュアに悪意があったわけではありません。ガルガンチュアは、森を畑に変えれば、お百姓さんたちが喜んでくれると思っただけでした。ようするにガルガンチュアはまだまだ幼く、本当の知恵というものがどういうものかを知らなかったのでした。

ともあれ、こうして善かれと思いつつ森を台無しにしたガルガンチュアの旅は、そのこと以外には順調に進み、とうとう目指す華の都のパリに着きました。

巨大馬に跨がったガルガンチュアの巨大な姿がパリに現れた途端パリは大騒ぎになりました。

大勢の見物人がガルガンチュアを取り巻き、あれはいったい何だ、地獄から蘇《よみがえ》った巨神族か、それとも悪魔の使者かなどと、わいわいがやがや議論し始めました。

大都会のパリの住民が、議論やお祭りが大好きなのは今も昔も同じ。もちろん大きなものにもたいそう関心があって、だからこそ大きな宮殿を建てたりもするのですが、そんなパリの人々が大巨人のガルガンチュアと巨大馬のドスンコユラリを見て大騒ぎしないわけがありません。

なかには、あの怪獣を味方に付ければ無敵だと考える軍人もいれば、あの馬からいったい何人分の肉が取れるだろうなどと算段し始める料理人や、見物人に物知り顔で勝手な解説をし始める者や、ここぞとばかりにハムを挟んだパンやワインを見物人に売る者や、もちろん何にも考えずにただ面白がってぞろぞろ付いて行く者もいて、パリの街はもう、空前絶後の大騒ぎとなりました。

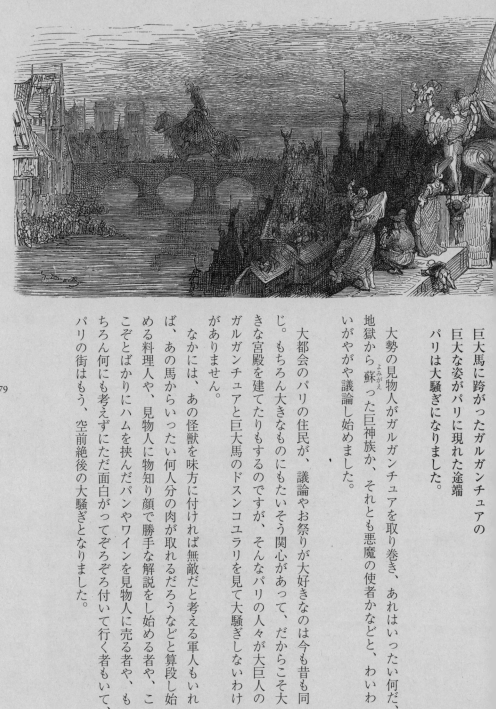

ガルガンチュアはなんだか居心地が悪かった。
生まれ故郷の楽園王国では
人々は大巨人には慣れっこになっていて
奇異な目で見られることなどなかったからでした。

ところが、パリの街に入った途端、どこからともなく、まるでアリの大群が地面のなかから現れるかのように、大きな石造りの建造物が建ち並ぶ街のありとあらゆる場所から、無数の人々が出てきて、ぞろぞろぞろぞろガルガンチュアを見上げながら、みんなで後についてきます。その数は増える一方で、こんなにたくさんの人間が一つの街に、一体全体どうやって一緒に暮らして行けるのかも不思議でしたが、それより不思議なのは、なんとなくみんな同じような服装をしているように見えることでした。ただよく見ると、同じような服装をした大群から離れた一角に、少数のなんとなくきれいな服を着た人たちが集まっていて、どうやら別の人種と思われます。

しかしどちらも、どちらかといえば自分を、まるで怪物でも見るかのように顔をしかめたり、眉をひそめたり、あざ笑うかのような表情をして見ることで、そんなことは楽園王国ではなかったことなので、ガンチュアはだんだん心細くなってしまいました。

G. Doré
Jonnard

体が大きいのですから、気も心もそれと同じくらい大きくて強いかといえば、もちろんそんなことはありません。侍女たちに甘やかされて育ったこともあってガルガンチュアは、どちらかといえば気弱で寂しがりやでした。

スカートめくりをしたのも、侍女たちがキャアキャア言いながら笑って逃げ回るからで、おいたが過ぎて、気分を損ねた侍女にちょっと睨《にら》まれたりすれば、大きな体を小さく丸めて謝ったりもしました。喧嘩をしたことなど一度もありません。もちろん喧嘩などしたら、大変なことになったでしょうけれども、大声をあげたのだって、せいぜい泣いた時くらいでした。

そんなガルガンチュアですから、自分のことを珍しがっているだけの人たちに、それも楽園王国の民が全員集合したよりもはるかに大勢の人たちに取り囲まれて、ほとほと疲れ果ててしまいました。一休みすれば、あちらこちらから、なんだかんだと、面白おかしく自分のことを嘲笑《ちょうしょう》する声が混ざり合って耳に入ります。そんな声が重なり合って、グワングワンと、石の街を覆《おお》いつくすかのような騒音となって自分のまわりで響き始め、ガルガンチュアは、なんだか切ないやら頭が痛いやらで、どこでもいいから逃げ出したくなりました。ふと見れば、目の前に大きな聖堂があります。

パリッ子たちから我らの聖母大聖堂《ノートルダム》と呼ばれているその聖堂は
どの建物よりも高く
そこに登れば少しは騒ぎから逃れられると思いました。

しかしいざ登ってみれば、天を突く聖堂の上に鎮座《ちんざ》するガルガンチュアの姿は壮観で、ますます人が集まってきてしまいました。

群衆が聖堂の前の広場を埋め尽くし、下から見上げるだけでは飽き足らず、ガルガンチュアを少しでも近くからみようと、まわりの建物の屋根に上る連中まで現れる始末。

ウンザリして、もう降りようと思いましたが、聖堂のいたるところに人が張り付いていて、どこに足をかけても、見物人を踏みつぶしてしまいそう。

ああ、父上の言う通りに、はるばるパリにまでやって来たけれど、僕もパリに行けば、いろんなことを学べるし、美味しいものだってきっとたくさんあると思ったりしたけれど、こんなことになるんだったらパリになんか来るんじゃなかった。

華の都でいきなり大変な目にあったガルガンチュアは、つくづく後悔しました。みなさんもご存知のように人生というのは、本当に何が起きるか分かりません。しかし、予想だにしなかったとんでもない災難が、突然身に降りかかってきたのは、実はガルガンチュアではなくて、パリッ子たちの方でした。大聖堂の上に登ったのはいいけれど、吹きさらしの中で体が冷え、用を足したいと思ったけれど、あまりの人の多さに、降りるための足の踏み場もなくて、我慢に我慢を重ねたガルガンチュアでしたが、どんなに体が大きくて、どんなに膀胱《こう》が大きかったとしても、大巨人とはいえ人間である限り、こらえられる時間には限度というものがあります。

とうとう我慢できずに
大聖堂の上から
たまりにたまったオシッコを
一気に放出したものだから
さあ大変。

巨大な膀胱の持ち主のガルガンチュアから溢れ出るオシッコはまるで滝のよう。あっという間に広場を水浸し、というか、さらに溢れて洪水のようになり、見物人をものすごい勢いでオシッコの渦の中に巻き込み、激流となってセーヌ河に、群衆もろとも流れ落ちて行ったのでした。

聖堂の前の広場に集まってきていた群衆は、きれいさっぱり、というか、きれいかどうかは別にして、とにかくすっかり押し流されて誰もいなくなり、ガルガンチュアはようやく聖堂から降りることができたものの、華の都始まって以来の、想定外の大災害ともいうべき異常事態に対して、押し流されたパリッ子たちはもちろん、何かと口うるさいパリ市のお偉いさんたちが黙っているはずがありません。なにしろ災害を引き起こしたのは、お天道様でも風神でも雷神でもなく、異常に大きいとはいえ人間です。

パリのど真ん中で、しかも聖堂の上からオシッコをして市民をセーヌ川に押し流して、それでお咎《とが》めがなかったとしたら、それこそ奇跡か、尋常ならざる馴れ合い。

もちろん、ガルガンチュアをパリに留学させるにあたってグラングジェ王は、あらかじめパリの王さまに対して、これこれこういう大きな体をした息子がパリに勉強に参りますのでどうぞよろしくという親書を、たくさんの金貨といっしょに送ってありましたので、市民をオシッコの洪水で押し流した狼藉者《ろうぜきもの》が、小さな国とはいえ、いちおう楽園王国という国の王子であるということは、パリのお偉いさんたちも分かってはおりました。とはいうものの、ここまでの異常事態を引き起こされては、市民の手前、何もしないで済ますというわけにはいきません。そこでパリ市の議会の一員であり、教会の要職に就いてもいる学者が、事情を直接聞くためにガルガンチュアのところにやって来ました。

「貴殿《きでん》はなにゆえに我らの聖堂に登られたのか？

それはともかく、なにゆえにそこから大量の小水を放水して市民を押し流したのか？

どうして、市民をまるごと侮辱するような、そのような野蛮で下品な暴挙に及んだのか？

そもそも、パリに勉学のために来られたと伺っている貴殿が、なにゆえに？」

それより貴殿はこの街で
いったい全体、何をしでかそうとしておられるのか。
本当に貴殿は学問をしたいという目的だけでこの街に来られたのか？

いきなりそんなことを言われ、厳しく問い詰められてガルガンチュアはうろたえました。両親は優しかったし、呑気《のんき》な楽園王国にはガルガンチュアを問い詰めるような人間は、それまでただの一人もおりませんでした。

それに学問を修めるためだけに来たのかと言われても、正直なところ、美味しいものだって食べたい。華の都のきれいなお姉さんにだって会いたいし、まだ知らない遊びだってしてみたい。

なんと答えていいやら分からずオロオロしていると、厳しい顔の学者に加えて、いろんな人が次から次へとやってきて、なにやら難しい言葉を連《つら》ねて攻め立てます。パリの人は理屈っぽいと聞いてはいましたが、まさかこれほどとは思いませんでした。

だってオシッコをしただけじゃないか、とは思っても、さすがにそんなことを言える雰囲気ではありません。旅の疲れと騒動の疲れに理屈の疲れが重なって、ガルガンチュアは頭がこんがらがってしまいました。

しかも、事態に追い討ちをかけるように、さらに大変なことが発覚した。というのは、ガルガンチュアが聖堂の上にいてオシッコを我慢していた時、突然鐘が鳴り、その途端、不思議なことが起きました。一つは、その音色のあまりの美しさに一瞬オシッコのことを忘れてしまったこと。もう一つは、鐘が鳴り出した途端、どういうわけか聖堂を取り巻いていた人たちの多くが、急に何かを思い出したかのように、広場から急いでどこかに向かい始めたことでした。

どうやらこの不思議なものには人の気分を変える
魔法の力があるようだと
ガルガンチュアは思いました。

そもそも楽園王国には、時刻を告げる鐘というものがなかったので、鐘そのものが珍しかった。そこでガルガンチュアは、鐘が鳴りおわると、そのいくつかを取ってズボンの中に入れたのだった。ところが尋問《じんもん》を受けている最中にズボンの裾《すそ》から一個の鐘がカランカランと転げ落ちた。どういうことかと問い詰められたガルガンチュアが、命じられるままにズボンをたくしあげると、さらにいくつもの鐘が転がり落ちました。

音色といい形といい、それはまさしく聖母聖堂の鐘。大量のオシッコをしたばかりか、大切な鐘まで盗んだガルガンチュアは、前代未聞の悪党として、さらに厳しい尋問を受けるはめになってしまいました。

「貴殿は、世界にその名をとどろかす麗しのパリと、その住民である我らを馬鹿にしておられるのか。この栄光に輝く長い歴史と文化を持つ街に対して、どんな恨《うら》みがあるのか。何を企んでおられるのか。この街の象徴である大聖堂を、こともあろうに排泄物で汚すなどということは、悪魔さえも思いつかない神への冒瀆《ぼうとく》。しかも善良な市民を、排泄物でセーヌ川へ流し去るとは、いまだどんな軍隊でさえ、実行はおろか計画することすらはばかられる卑劣かつ醜悪極まる珍作戦。そのうえあろうことか、この街の生活に調和と秩序をもたらす聖なる鐘を、つまりは、我らから時間を奪おうとするとは、何という悪知恵、なんという陰謀」

「鐘の音がなければ、我らはいつ起きていつ仕事に行き、い

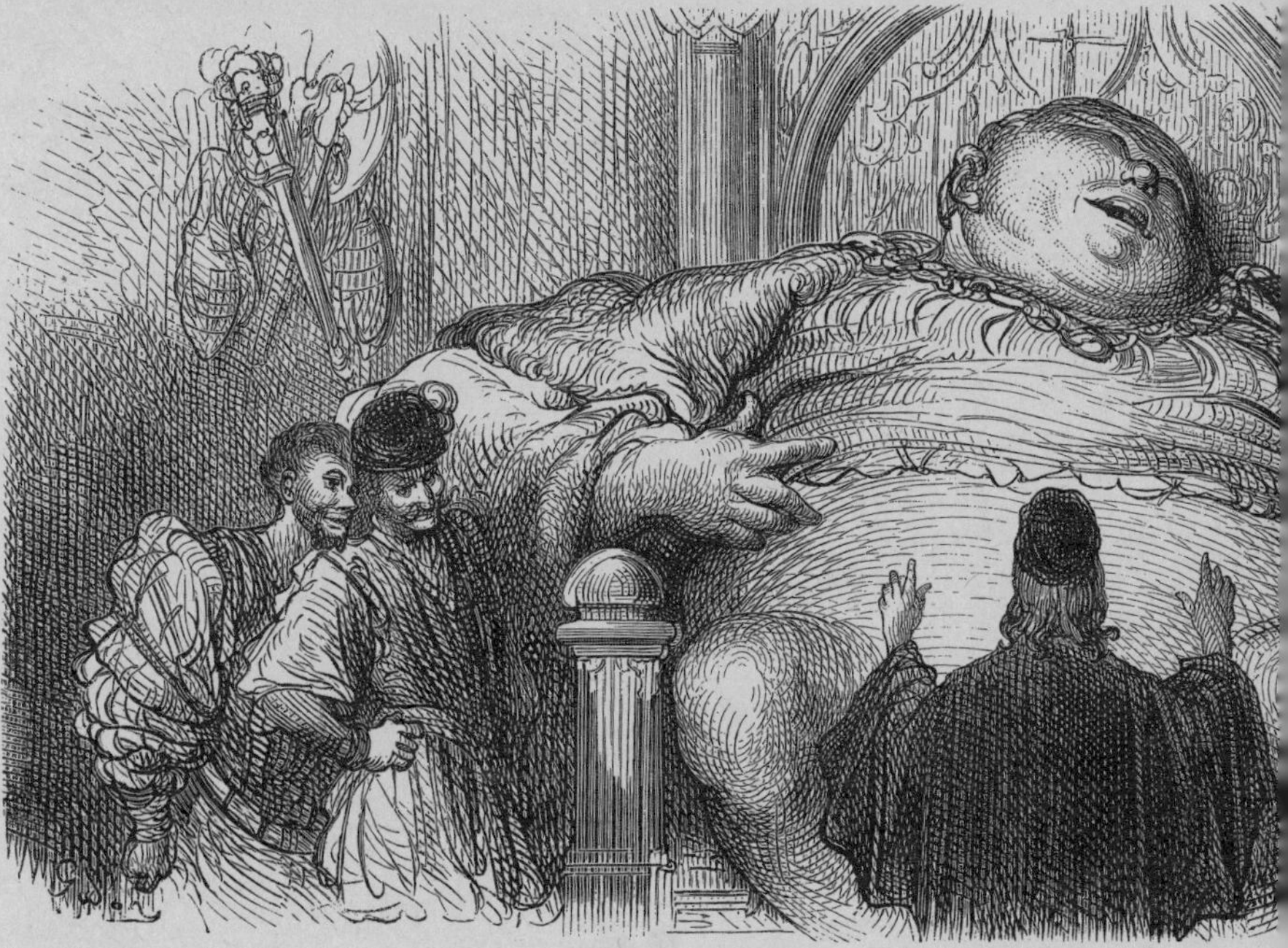

つ寝ればいいか分からなくなるではないか。いつお祈りをすればよいか、いつご飯を食べればよいかも分からなくなってしまうではないか。恋人との逢瀬《おうせ》を楽しもうにも、いつ待ち合わせればよいかも分からず、すれ違いの連続となるのは明らか。それで恋人同士が喧嘩をすれば実る恋も実らず、子どもも生まれず、ひいてはパリの市民の数が減少してしまうではないか。さてはそれを見越したうえでの暴挙であったのか、なんという腹黒さ。この巨大な腹の中には、我らの街を根こそぎ根絶しようという、恐るべき企みがパンパンに詰まっているに違いない。みなの衆、いっそこの巨大な太鼓腹をパーンと断ち割って、こやつの腹の中の魂胆《こんたん》をつぶさに見てみようではないか」

お腹を断ち割ると言われたガルガンチュアは驚いて、堪忍《かんにん》してよう、そんなことをしたら痛くて死んじゃうよう、と情けない声を出し、謝りもせずに、こんなことまで言った。

パリでは鐘が鳴ったら起きたり家に帰ったりするなんて
知らなかったよう。
僕の国の人たちは朝になって明るくなったら起きるし
暗くなったら仕事をやめて
おなかがすいたらご飯を食べるんだよう。

当然のことながら、騒ぎはますます大きくなりました。
その時、ガルガンチュアのお世話係としてパリへの旅について来ていた、楽園王国の大臣で、ガルガンチュアの先生でもあるボンクラートが、息せききって駆けつけました。

もしボンクラートが到着しなかったら
ガルガンチュアはお腹を割られて
そこでこのお話も
お終《しま》いになっていたかもしれません。

しかしお話というものは、だいたい危機一髪のところで救いの手が入るもの。

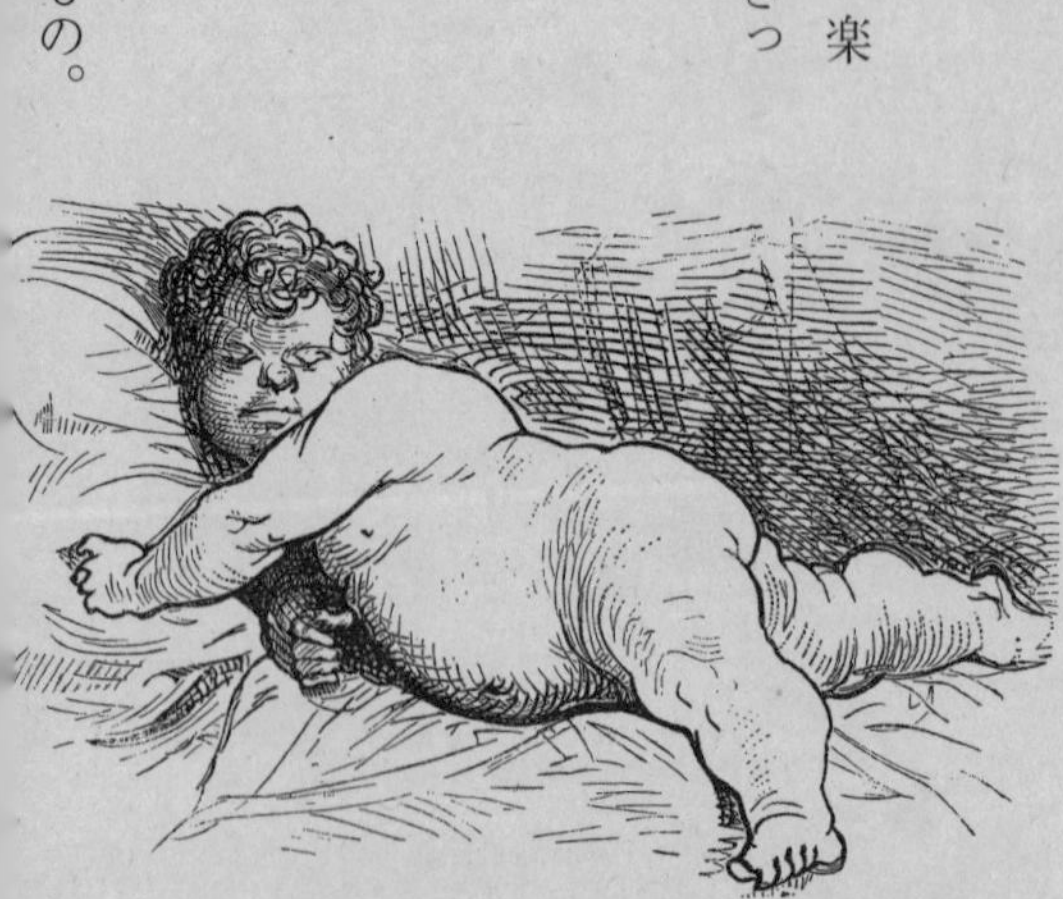

そんなわけで、パリのお偉い人たちが血相を変えてガルガンチュアを責め立てていた丁度《ちょうど》その時、駆けつけたボンクラートが大きな声で叫んだ。

「待って下され。我らの王子ガルガンチュアさまを許して下され。王子さまは、体こそ大きいけれども、まだ幼くて純粋無垢《むく》で、その大きなお腹の中にも頭の中にも、悪巧みなど一つも入ってはおりませぬ。私は幼い頃からガルガンチュアさまの近くで、その成長を見守ってまいりましたが、幼い頃から、それはそれは気立ての優しい王子さまで、悪いことなど一度もしたことはありませぬ。ただ一つだけ、世話の焼けることがありました。それは、オネショがなかなか治らなかったということでございます。この度の失礼も、おそらくはその癖《くせ》が出て、あるいは夢にまで見た華の都のパリに来て緊張のあまり、もしくは嬉しさのあまり、ついお漏らしをしてしまったのと思われます。鐘の件にいたしましても、誰かのものを盗むなどという考えは、なに不自由なくお育ちになった王子さまの、あの大きな体のどこを探してもあるはずもありません。

それに私どもの国には
人のものと自分のものという境が
もともとあまりありません。

王子さまは、単に鐘の音が珍しかったに相違ありません。どうかここは、お見逃し下され。ガルガンチュアさまは、本当に本当の学問がしたくてはるばるやって来ただけでございます。もちろんパリの街にご厄介《やっかい》になりますからには、市民税も体の大きさに見合った額を、それに留学料も加えまして、十二分にお支払いするつもりでございます」

こうして、ボンクラートが必死に釈明をすると、何が功を奏したのかは分かりませんが、尋問官たちも次第に態度が軟らかくなり、オシッコで流された市民の服の洗濯代と、道路の清掃料と、お偉いさんたちの貴重な時間を奪ってしまったことに対する慰謝料とをすぐに支払うこと、そして鐘をちゃんと元通りに聖堂に自分で戻すことを条件に見逃してもらえることになりました。

なんとかお腹を切られるのを免れたガルガンチュアは、しぶしぶ鐘を聖堂に返しに行きましたが、パリに着いた時と比べると、ガルガンチュアを見に集まってくる人の数はずいぶん減っておりました。もちろん大巨人に驚く人はまだ大勢いたものの、広場や道を埋め尽くすほどではなかった。

どうやらパリの人たちは
新奇なものには目がなくて
最初は大騒ぎするけれど

すぐに飽きてしまうようでした。

そんなわけでガルガンチュアは、足の踏み場もなく身動きが取れなくなるほどの群衆に行く手を阻まれることもなく、ノートルダム大聖堂に無事に鐘を戻すことができましたが、そうして一段落した途端、無性にお腹が空いてきました。

お腹が空いた時が食べる時。身に付いた楽園王国の習慣のままに、ガルガンチュアがあたりを見わたし、鼻に意識を集中させると、パリもちょうど夕食時。聖堂のすぐ側の一軒のビストロから、実に美味しそうなにおいが漂ってきます。

中ではすでに飲ん兵衛たちが、大巨人騒動を酒の肴《さかな》にして一杯やり始めておりました。そこに噂の張本人が現れたものだから、それにどうやらあの怪物は、どこかの裕福な国の王子さまらしいぞという噂も、早くもそこらじゅうに行き渡っていたものですから、店主も大喜びで招き入れ、まあ一杯いかがと、ガルガンチュアの大好きなワインをすすめました。

もちろん一杯どころか、この大きな体では、店の樽を全部飲ませても、はたして足りるかどうかという嬉しい心配もありましたが、誰が飲もうと酒は酒。誰であろうと客は客。先ほどの尋問官の恐い顔とは打って変わって、ニコニコとワインを注いでくれる女将《おかみ》の笑顔にウットリしたガルガンチュアは、次から次へとワインを飲んで上機嫌。客たちも、今夜はきっと王子さまのおごりだぞと上機嫌。

パリには、そこらじゅうから美味《おい》しいワインが集まって来ていて、高級な店もたくさんありますけれども、地ワインで育ったガルガンチュアにしてみれば、ビストロのワインは、どこか懐かしい味がして、また国で民といっしょに騒いだことなども懐かしく思い出されます。

嬉しくなったガルガンチュアは
飲ん兵衛たちの目論見《もくろみ》どおり
女将に言って店を借りきり
飲み放題食べ放題の
どんちゃん騒ぎをし始めました。

その頃ボンクラートは、後始末のための何やかやの交渉で忙しく、まだお偉いさんたちといろいろとやりあっておりましたが、ビストロの方では一足先に、みんなで仲良くワインを飲んで、ガルガンチュアとパリの民とが、心の底から打ちとけて、親交を深め合っておりました。

もちろんワインがほど良く体に回るにつけ、ますます食欲も湧いてきて、パリは美食の街ですぞ、とガルガンチュアを留学の旅につれ出すためにさかんに言い聞かせていたボンクラートの言葉なども思い出され、ガルガンチュアはそのとき耳にした美味しそうな料理の名前を必死になって思い出し、思い出した料理のすべてを注文しました。

こうしてビストロは、お店が始まって以来の貸し切り大夕食会になりました。話を聞きつけて大勢の人が集まり、誰もがしっかり、ここぞとばかりにお相伴《しょうばん》にあずかりました。

料理もお酒も、一件の店だけではとてもまかないきれないので、まわりのレストランから必要なものがどんどん運び込まれるやら、シェフが応援に駆けつけるやらで大わらわ。

旅の間ろくに食べられなかったことに加えて、聖堂の上ではそれどころではなく、そのあとも長々と尋問が続いたので、すっかり空っぽになっていたガルガンチュアのお腹は底なしで、羊の丸焼きにせよ何にせよ、次から次に、あっという間に消えました。

もちろん店にとっては、これほどの上客には、そうそう出会えるはずもない。このチャンスを逃してなるものかと、仲間という仲間を総動員して、フル回転でガルガンチュアさまをお世話しました。

それはそれとしてガルガンチュアは
そこで消費した食べ物には、みんな値段がついていて
後でお金を払わなくてはならないということを知りませんでした。

楽園王国では、ガルガンチュアがお金で何かを買ったり食べたりしたことなどなく、ガルガンチュアの頭の中に勘定《かんじょう》の心配などあるはずもありません。だいいち楽園王国の経済そのものが、必要なものは、得意なことや余計に持っているものを、それぞれが交換し合って工面するという仕組でしたので、普段の生活でお金をやり取りすることなどほとんどありませんでした。王宮に蓄えられた膨大な金貨だって、有り余る食料を分けてあげた際に、周りの国々が置いて行ったものでした。

第九話　ガルガンチュアの遊学

さて、美味しいものをたらふく食べて、やっと落ち着いたガルガンチュアは、パリの庶民は、最初はやたらと口汚いし煩《わずら》わしいけれども、いざお友達になってみれば、お偉いさんたちに比べて、なんて優しい人たちなんだろうと、すっかり上機嫌になりました。

もちろん、ガルガンチュアが食べて飲んだ途方もない勘定は、お腹がいっぱいになったガルガンチュアがぐっすり眠ってしまってから、お世話係のボンクラートがまとめて金貨で払いました。大夕食会の最後のほうでは、本当にちゃんとお代がもらえるのだろうかと心配になり始めていた店主たちはホッと胸をなでおろし、明日も明後日《あさって》も、これからずっと、夜といわず昼といわず、なんなら朝もいらして下さい。普段は朝は閉めておりますけれども、王子さまのためであれば、喜んで準備をいたします、などと猫なで声で言った。ボンクラートも、たびたび支払うのは面倒なので、ガルガンチュアがどこで何をどれだけ食べても、レストランの店主たちが勘定を合わせて持ってくれれば、一週間分をまとめて精算しますと、金貨をちらつかせながら話をつけた。

ちなみに、ほとんどの人々がお金に縁のない暮しをしていた楽園王国では、いつのまにやら、まわりの国から支払われた大量の金貨が貯まりに貯まっていたにもかかわらず、その価値を知るものは実はほとんどおらず、ボンクラートはそれを知る数少ない家臣の一人でした。

王であるグラングジェでさえ、金貨が国にとって大事なも

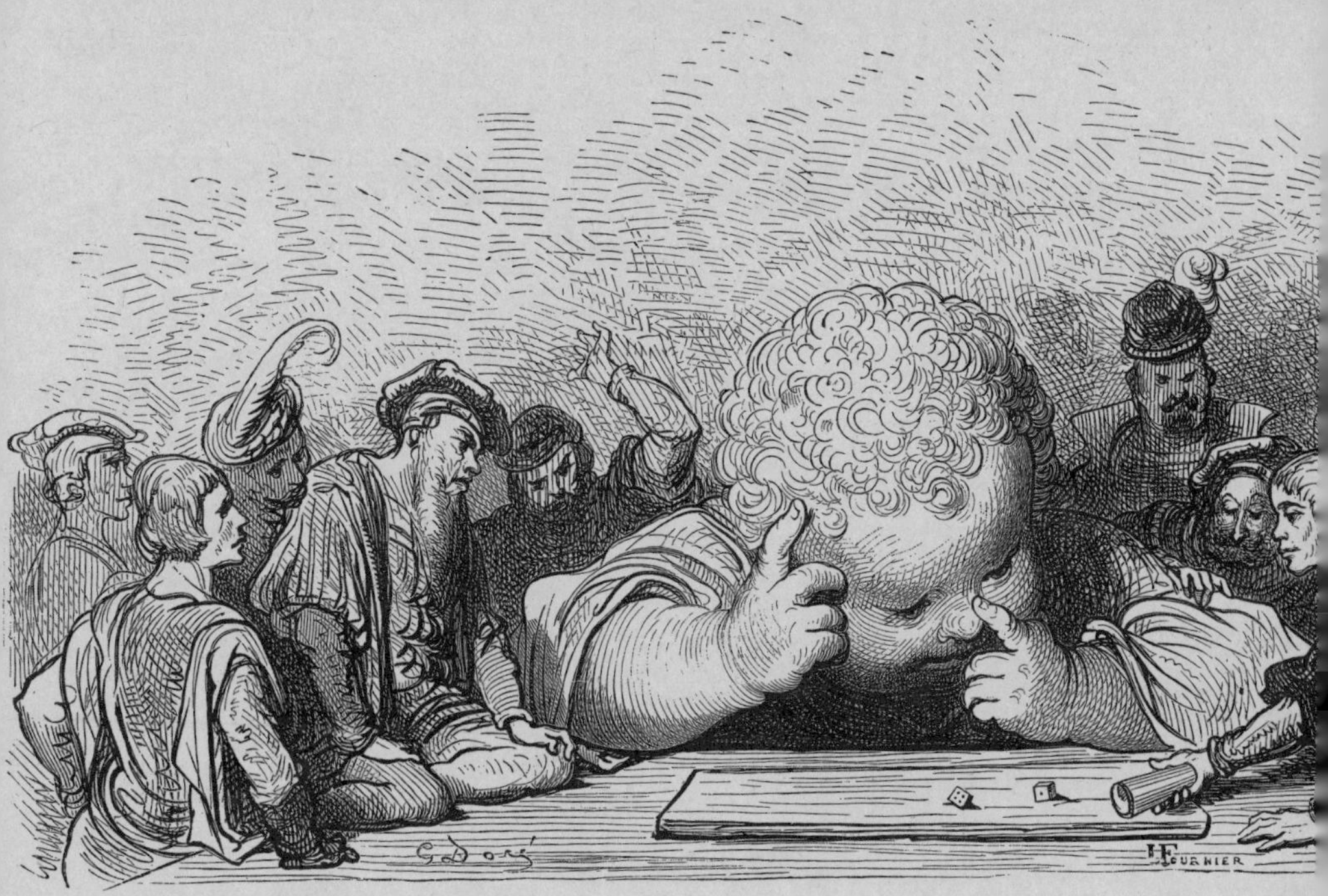

ので、何かの時に役に立つものだろうという程度のことはもちろん分かってはいましたが、実際にはその輝きの美しさにしか関心がなく、金貨を溶かして指輪をつくったり飾り物を造らせたりしていました。

しかしボンクラートは、金貨の力に関しては百も承知で、ガルガンチュアのパリ留学のお世話係にはうってつけでしたが、実は教育に関しても、なかなか有能なマネージャーぶりを発揮しました。

初期教育の失敗ですっかり勉強が嫌いになってしまったガルガンチュアに、なんとか素晴らしい知恵を身に付けさせて欲しいとグラングジェ王から頼まれていたボンクラートは、好きこそものの上手なれ、のことわざを実践することにしました。

ガルガンチュアの大好きな遊びを通して
必要なことを学ばせるのが
つまりは遊学が一番と考えたのでした。

そこで、まずはサイコロ遊びなどをやらせ、それに夢中にさせて算数を覚えさせることにしました。

人間というのは、食べ物だって学問だって、ためになるからといって嫌なことを無理強いすれば、どんどん嫌いになってしまいます。ですから、何の役に立つかも分からない知識を子どもの頭に無理やり詰め込む勉強というのは、最も効率が悪いばかりか、ものごとを知ったり自分の頭を使って考えたりすることが嫌いになってしまいかねないという危険があります。ガルガンチュアのお勉強の失敗もそこにありました。

そこでボンクラートは、天真爛漫《てんしんらんまん》で遊び好きでいたずら好きなガルガンチュアには、遊びながら知恵をつけさせる方法しかないと考えましたが、幸いパリの街には、たくさんの遊びがありました。パリの人々は、たいがい誰かに雇われていて、鐘の音を合図に仕事に行って、決められた時間仕事をして、鐘を合図に仕事をやめて家に帰るという生活をしています。つまり、それ以外の時間はヒマなので、暇つぶしとしての遊びが実にたくさんあり、ボンクラートは、それを上手く利用することにしたのでした。

ガルガンチュアが最初に学んだ遊びはサイコロでした。これは勝ち負けがハッキリしていて、しかもパリの人たちは金を賭けたりしますから、誰もがついつい夢中になり興奮もします。もちろんガルガンチュアは、負けたところでボンクラートが後始末をしてくれるので、お金のやりとりには別に興味はなかったけれども、それでも勝てば面白い。しかも勝ってお金がこちらに来るたびに、相手が大声をあげたり泣いたりするのも面白く、ガルガンチュアはすっかりサイコロ遊びに夢中になりました。

サイコロだけではなく、同じようにトランプ遊びにも熱中し、そのおかげでガルガンチュアは、数字を足したり引いたりして素早く計算することを、あっという間に覚えたばかりか、勝ち負けにはどうやら運というものがあり、それがなければ、いくら計算しても勝てないということも学びました。

音楽や楽器を覚えさせるにあたってもボンクラートは、楽園王国でガルガンチュアが強制されたように、楽器と楽譜を前にして、ややこしい指使いを覚えさせる練習ばかりをやらせるのではなく、一流の音楽家の演奏を聴かせたり、劇場に行ったり、街に出て大道芸人たちと遊ばせたりしました。

つまり
まずは音楽を好きになり
そしてみんなと一緒に
演奏することの楽しさを
覚えさせたのでした。

大道芸人のなかには、劇場でお金を取って演奏する音楽家たちに負けないくらい上手で楽しい芸人たちもたくさんいます。しかもそういう連中は、演奏するばかりではなく、集まってきた人々を喜ばせたり、しんみりさせたりなどして、音楽をとおしてみんなと一緒になる術《すべ》を心得ておりました。

ガルガンチュアは、もともと音楽が好きだったうえに、みんなと一緒に騒いだり踊ったり歌ったりすることが大好きだったので、大道芸人のなかで最も面白おかしく演奏し、そしてときどき、切なくなって涙が出てくる歌を歌ったりすることもできる、サアオドローナ一座と遊ぶのが大好きになりました。

もちろん彼らはそれでお金を稼いで日々の暮らしを立てておりますので、演奏が終わると一座の一人が帽子を持って観客と会話を交わしながらお金を集めたりもします。ガルガンチュアには、そんなことも面白くて、よくお手伝いをしたりしました。

そのうちすっかり一座の人たちと仲よくなったガルガンチュアは、大きな体で、率先して人寄せまで始めたので、サアオドローナ一座は、いつのまにやらパリ一番の人気一座になりました。

こうしてガルガンチュアは、音楽の楽しさや、人を笑わせたり感動させたり喜ばせたりすることの面白さや、音楽を演っている人と演奏を聞いている人が一緒になって、みんなが、音の海の中にいるような気分になることが、どんなに心地良いかも知りました。

そうした経験を通してガルガンチュアは
音楽というのは、
歌うにせよ演奏するにせよ一緒に踊るにせよ
とにかく、体全体をつかって楽しむものなんだということも知りました。

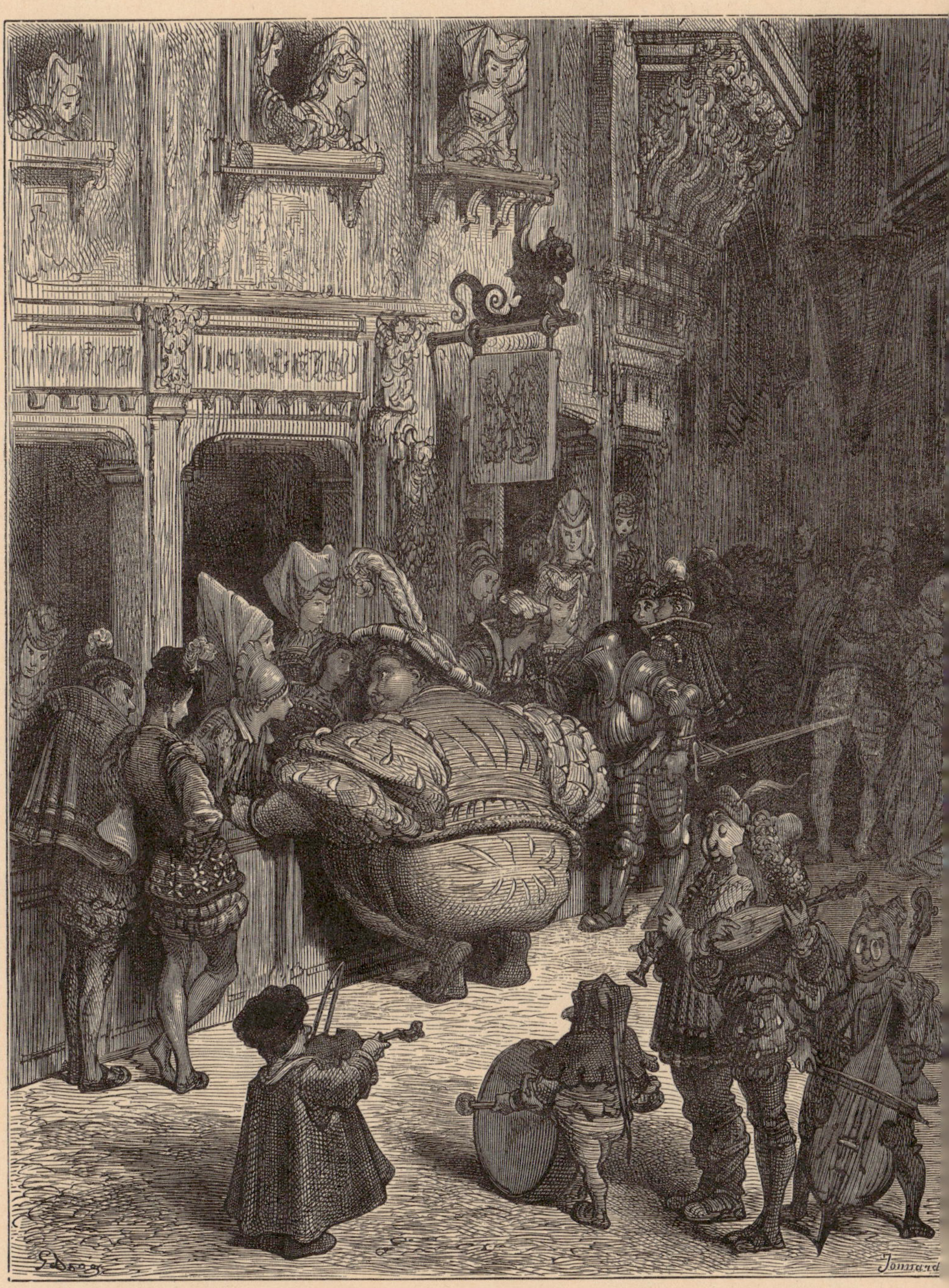

とにかくパリという街は、ガルガンチュアが何かを学ぶには、おあつらえ向きの遊びが揃《そろ》いに揃っておりました。ボンクラートは実に上手に、飽きっぽいガルガンチュアのようすを見ながら、ときどき、誰にも負けない大食い競争をやらせて自信をつけさせたり、美しいパリジェンヌたちと、たわいのないじゃんけん遊びをさせて、ガルガンチュアの中にまだ残る童心を呼び起こしたり、女性への興味を刺激したり、調子に乗り過ぎないよう、今も昔も勝てたためしのない隠れんぼでしょんぼりさせたりしました。

ボンクラートが考えたプログラムは実に良くできておりました。ガルガンチュアからみれば楽しくて面白いことばかりでしたけれども、それには深い意味がありました。

実は、いろんな遊びを通してガルガンチュアに楽しいことや哀しいこと、その他もろもろの人の気持ちなどようするに楽園王国に戻ってから、みんなから愛される王として民とともに歩むために大切なことを身に付けさせたのでした。

ときどきボンクラートは、ガルガンチュアを劇場にも連れて行きました。劇場では、人が人として生きていくための知恵が凝縮《ぎょうしゅく》された喜劇や悲劇、美しい体の動きや歌が満載のバレエやオペラ、さらには楽しい会話の中に知恵をちりばめた芝居などがあちらこちらで上演されておりました。ガルガンチュアは夢中になってそれらを観て回りましたが、ガルガンチュアが中に入れない小さな劇場もたくさんあり、そういう劇場に限って、ドキドキするような恋愛劇やダンスをやっておりましたので、ガルガンチュアは仕方なく窓から覗《のぞ》いて観たりしました。

　こうした遊学は、楽園王国のお勉強でガルガンチュアの頭に入ってしまったものをすっかり追い出し、忘れさせるには最適でした。ガルガンチュアは遊学に熱中し、頭でっかちの先生たちに言われたことなどきれいさっぱり忘れてしまいましたので、ガルガンチュアの巨大な頭の中はいったん空っぽになり、その代わりに、楽しいこと続きの脳みそには、新たな知恵や知識が喜びとともに、どんどんどんどん吸い込まれていきました。
　それでもまだ十分ではないと思ったボンクラートは、ガルガンチュアに真っ裸になってセーヌ河で泳ぐことの楽しさも教えました。もともと裸で育ったガルガンチュアは裸が大好きでした。
　しかし、大きくなって服を着るようになってからは裸でいることは少なくなり、すっかり服を着馴れてしまったせいで、いつのまにやら服を着ないで人前に出ることに、恥ずかしさを覚えるようにさえなっておりました。人は誰でも、服であれ身分であれ、同じものを身に付けすぎると、いつの間にかそれを自分の体の一部、というか、それこそが自分だと勘違いし始めます。裸泳ぎは、ガルガンチュアがそうならないようにするためのボンクラートの配慮でした。

ガルガンチュアが
王様という服を着ることなどにこだわらず
大人になっても
生まれたばかりの赤ん坊のように
丸裸になることに馴れるよう
いつでも自然体でいられるようにと
願ったのでした。

もちろんガルガンチュアはすぐに、天真爛漫《てんしんらんまん》に裸で暮らしていた時の壮快さを思い出して嬉しくなりました。泳ぐことで、自ずと体も鍛《きた》えられましたし、パリの街を川の中から観るのも面白く、ガルガンチュアは、セーヌ川をお風呂の代わりにして、しょっちゅう泳いだのでした。

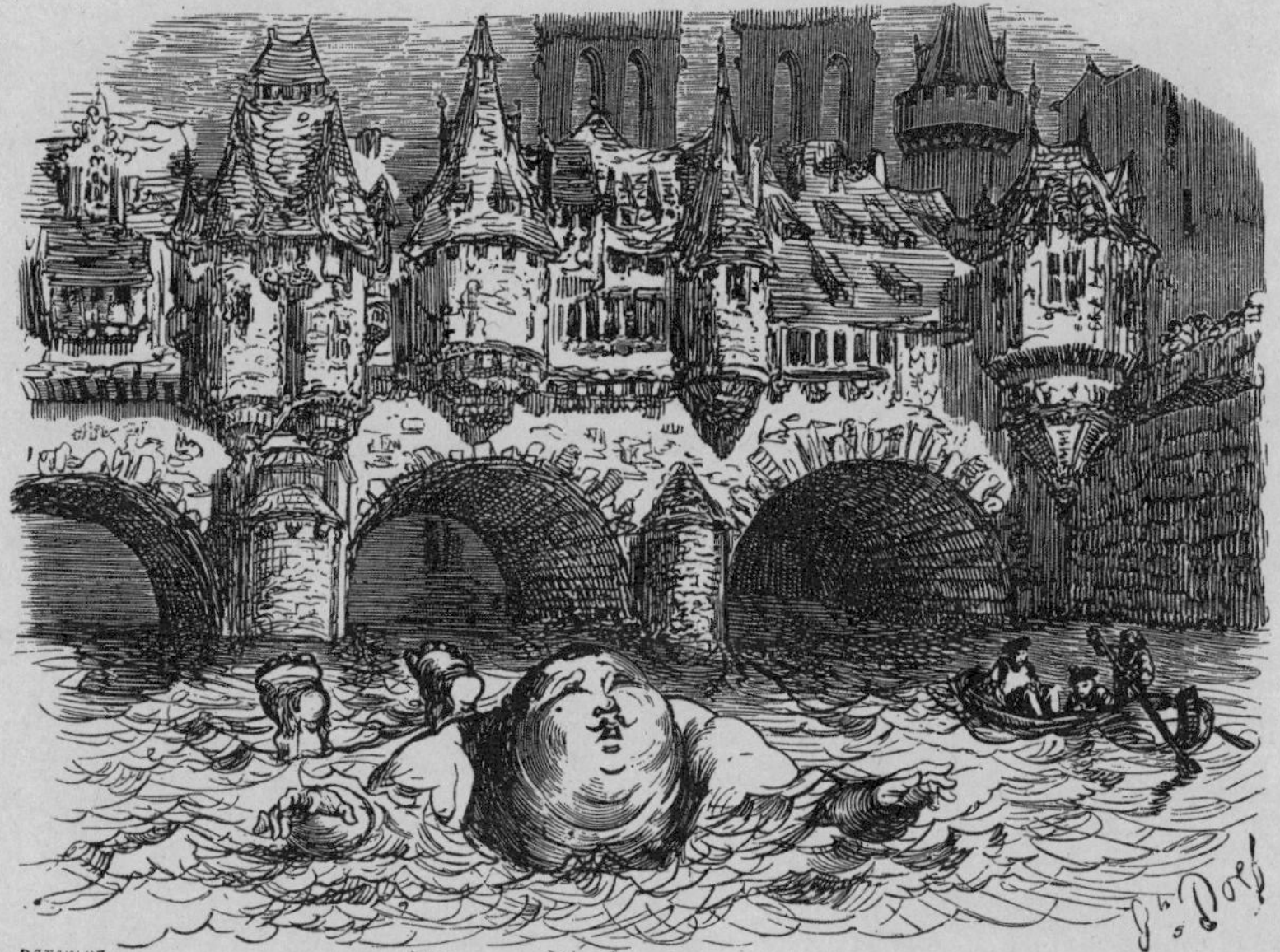

とにかくボンクラートは、パリでの遊学を通してガルガンチュアに、ありとあらゆることに興味を持たせ、その大きな体と心に、人として大切なことを、楽しさと共に注ぎ込みました。

もちろん知識もそれなりに大切だと思ったボンクラートは、本当の賢者と思われる人たちの話も聞かせました。

ガルガンチュアの、いったん空っぽになった巨大な頭は、たいがいのことはストンストンと何の苦もなく入りましたし、それらがシェイクされると、いろんなことが自然につながり始めて、ああそうだったのかと思うことも増えました。それはなんだかとても気持ちのいいことでしたので、ガルガンチュアもだんだんそれが面白くなりました。

ボンクラートは徹底しておりました。それはボンクラートが、いろんなことを経験して知っていたからこそできることでしたし、そんなボンクラートが、それとなく導いたからこそ、ガルガンチュアも先生の期待をはるかに超えるほどに、豊かに知恵をつけていったのでした。

ボンクラートが次にガルガンチュアを連れて行ったのは職人のところでした。鍛冶屋《かじや》であれ大工であれ仕立て屋であれガラス職人であれ、優秀な職人《マエストロ》というのはまるで魔法使いのように、いろんなものを自分の手でつくり出します。体が大きく指も太いガルガンチュアは細かな作業は苦手でしたけれども、それでも、マエストロたちの仕事ぶりを見るのは大好きでした。

ガルガンチュアは
マエストロたちの仕事ぶりを見ているうちに
いつのまにか彼らこそが
本当の賢者だと思い
心から尊敬するようになりました。

パリには変な人もたくさんいますけれども、大きな街なので、本当に優れた人たちもそれなりにいます。ボンクラートは、人に聞いたり、あちらこちらを歩き回ったりして、自分では教えられないような知恵をガルガンチュアに授《さず》けてくれそうな人を探しました。

これはという人が見つかると、ボンクラートは、まずは自分がその人に会って話をし、その人の知識や考え方はもとより、人としての豊かさや大きさを、自分の目と体と心とで判断して、この人なら、と感じられる人にガルガンチュアの先生になって下さいと礼をつくしてお願いしました。頭で判断しなかったのは、もしその人が自分よりはるかに優れた賢者だった場合、自分の頭では測り切れないだろうと思ったからです。

そんなボンクラートが見つけてきた先生の中にエトワールという先生がいました。天文学者のような哲学者のような、そして詩人のようでもあったこの人は、まわりからは人の良いただの呑気なお爺さんと思われておりましたけれども、ずいぶん慕われてもいて、実は、天体の動きに関してはなんでもよく知っておりました。それだけではなくて、星座やそれにまつわる物語を、分かりやすく、まるで音楽のように語り聞かせることができました。

ガルガンチュアはその先生の話を聴いていると
全身が心地よくなり
遠い遥かな夢のような
普段は感じることもできない世界を
一緒に旅するような気持ちになるのでした。

G. Doré

ほかにもボンクラートが探し出してきた賢者には、ポノクラーテという人もおりました。

この人は
野山の草木や土や
風や水のことに関しては
知らないことがないというほど
よく知っていました。

口下手なポノクラーテがポツリポツリと話す言葉は、幼い頃に薬草で病気を治してもらったという話をさんざん聞かされているガルガンチュアの心と体の奥深くに、心地よく染み込みました。

草は話さないけれど生きている。

生きていて知っている。

季節のことや風のこと

水のことも知っている。

君と草とは話ができる。
体を澄ませば話が聴ける。

君の体とこの草の体には
おなじ水が流れている。

けれどちょっと違う水。
ちょっとの違いが命の違い。

水が喜べば
命も喜ぶ。

しかしパリの街には、いかがわしい連中も大勢いました。ボンクラートはガルガンチュアに、わざと、そんな人たちの馬鹿騒ぎを見せたりもしました。そういう連中はなぜか意外と人気があって、奇妙な格好をして下品なことばかり言って笑わせることで有名な一座が広場で何かを始めると、大勢の人だかりができました。

動物に変な格好をさせたり、死にそうなネズミを操《あやつ》って、前の方で見ている人を脅かしたり、乱暴な言葉で人を侮辱したりする一座の出し物は、それなりに面白いものではありましたけれども、ガルガンチュアの耳や目には、なんとなく痛いものでもありました。

パリには占い師や呪術師《じゅじゅつし》たちもいて
人を不安にさせたり
不気味なものをたくさん飾り立てて人を脅《おど》かし、
不幸から身を護《まも》るためだとか言って
怪しげな薬や魔除《まよ》けでお金を
ふんだくっておりました。

ガルガンチュアにはお金の仕組がよく分かりませんでした。ボンクラートによれば、お金というのはパリの人々にとっては血液とおなじで、それがなくなると生きていけないけれども、ひとたびそういういかがわしい連中の餌食《えじき》になると、まるで吸血鬼に体中の血液を吸い取られてしまうように、すっからかんになるまでお金を巻き上げられてしまうとのことでした。

みんなが顔見知りの楽園王国とは違って、パリには大勢の人がいて、というか、あまりにも大勢の人がいて、みんなばらばらに暮らしているので、お金が無くなると食べることもできなくなるのだと聞いて、ガルガンチュアは急に心配にもなりました。

でも、どうして吸血鬼から逃げ出さないのかとガルガンチュアが聞くと、人間とは不思議なもので、そういう連中から不安を吹き込まれると、それから逃れるために、そういう連中をますます頼りにするようになってしまうのですと、ボンクラートは言うのでした。

ボンクラートの有意義で人間的な遊学カリキュラムの甲斐あって、ガルガンチュアは音楽も天文学も哲学も、そんな風には分けられないいろいろなことも、みんな好きになりました。

頃合いを見てボンクラートは、気晴らしにパリ郊外の森にガルガンチュアを連れて行くこともありました。乗馬が大好きなガルガンチュアは、とはいっても、ガルガンチュアを乗せられるような馬はドスンコユラリしかいませんでしたが、久しぶりの大駆けに、力を持て余していた愛馬とともに有頂天になって森を駆け回るのでした。

もちろん、すでにいろんな知恵を身につけたおかげで、以前うっかりやってしまったように、いきなり森を更地《さらち》に変えてしまうような乱暴なことは、今度はしませんでした。

ところでガルガンチュアは、図体が大きい割には、意外に身体能力が高く、乗馬での競走では当然のことながら誰よりも速かったですけれども、ボールを蹴れば誰よりも遠くまで蹴っ飛ばすことができましたし、走り高飛びでは、誰も飛べない高さのバーをひょいとまたぐこともできました。もちろん棒投げや石投げは無敵でしたし、陣取り遊びでも、相手の陣地をたった一歩で踏むので、負けたことなど一度もありませんでした。ただ、苦手なこともたくさんあって、たとえば裁縫《さいほう》は大の苦手で、針をどうやって持っていいかさえ分かりませんでした。

しかし、頭を使うことと同時に、体を使う楽しさを知ったガルガンチュアは、体を鍛えるために巨大なバーベルをつくってもらい、自ら筋トレに励んだりもしました。どうしてかといいますと、これは万が一、自分より大きな相手が現れた時に腕相撲で負けないためとのことでした。

つまりガルガンチュアは
いつのまにか、いろんなことを
自分で考えてするようになっていたのでした。

やがてパリの街を一人で歩き回るようになったガルガンチュアは、パリの街のつくりにも興味を持つようになりました。というのは、面白そうな路地に入っていこうとした時、途中で建物と建物とのあいだにはさまれて身動きが取れなくなったことがあったからです。

（そうか、この路をつくった人は僕みたいな大きな体の人のことを全然考えていなかったんだ）

すべてのものは
もともとあったように見えるけれども
実はみんな誰かが創り出したものなんだ。
建物も街も料理もゲームも、みんなそうなんだ
という大発見をして感動しました。

それからというものガルガンチュアは、何を見ても、誰がどうして何のために創ったのかを考えるようになりました。それはまさしく、ボンクラートが王子に学んで欲しいと願っていたことでもありました。ガルガンチュアの思考力はさらに深まり、やがて、それでは山や川はどうしてできたのだろう、魚や虫は誰がつくったんだろう。どうして魚は水を吸って生きているのに、僕らは空気を吸っているんだろう。どうして

ビストロでは、ご飯をつくる人と食べる人がいるんだろう。どうして僕が登った聖堂は、どの建物よりも高かったんだろう。

どうしてパリの街には綺麗な場所と薄暗くって汚れた場所があるんだろう、というようなことまで考えるようにさえなりました。

そんなときガルガンチュアは、自分にいろんなことを教えてくれたエトワール先生やポノクラーテ先生に会いに行ったり、ボンクラートと話すこともありましたが、ときには一人で考えたりもしました。

不思議なことにそんな時、先生たちの声が聞こえたり顔が浮かんできたりして、ガルガンチュアは、みんなが自分を見守ってくれているような気がして嬉しくなりました。

ガルガンチュアが学ぶべきことはもう十分学んだと思えるまでに成長すると、ボンクラートは最後にガルガンチュアを、パリ市の警護兵たちのところに連れていきました。

パリの街を護る役目を持つ警護兵たちは、パリの街に侵入して来るならず者や、パリを攻め落とす機会をうかがっている敵の斥候《せっこう》などを退治するのが仕事で、たまには街中の喧嘩や暴動を鎮《しず》めたりすることもありますけれども、普通の悪事やもめごとなどは警察が取り締まりますので、普段はかなり暇で、みんなであつまって武術や体術の訓練ばかりしておりました。

ボンクラートが何を学ばせるためにそういう連中のところにガルガンチュアを連れて行ったのかは分かりません。体の訓練なら、水泳や乗馬やボール遊びや棒飛ばしやバーベルの上げ下げでもできたはずですから、もしかしたら、ただ単に、できるだけ多くの人種を見せようと思っただけかもしれません。

ボンクラートはまず警護兵たちが弓矢の練習をしているところに行って、ガルガンチュアにも弓矢をやらせました。ガルガンチュアはなかなか器用で、しばらく練習すると、すぐに的を射ることができるようになり、警護兵たちから褒《ほ》められて、得意になりました。

そこでガルガンチュアが、面白い遊びだね、と言うと、警護兵たちが厳しい顔つきで、何を言っているんだ、これは敵を殺すための

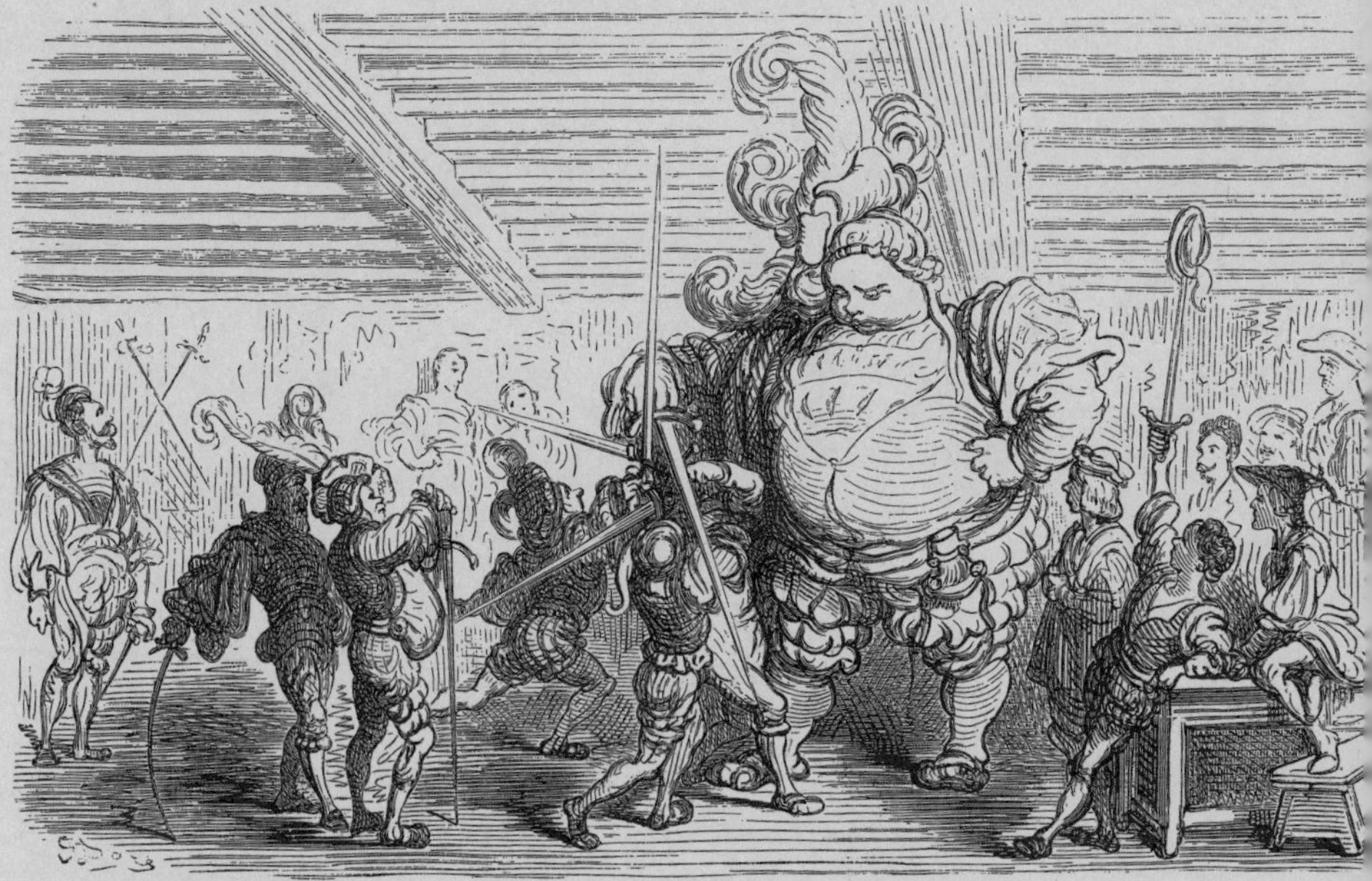

大事な訓練じゃないか、と怒ったので、ガルガンチュアは
すっかり弓矢が嫌になってしまいました。

だって
これが上手くなるのは
人を殺すのが上手くなる
ということじゃないか。

剣道場にも連れていかれましたが、剣も弓も、ようする
に人を傷つけたり殺す道具かと思うと、ガルガンチュアは
とても、訓練する気になれませんでした。

ガルガンチュアにとって面白かったのは、警護兵たちが訓練の後、徒党《ととう》を組んで街に繰り出し、酒を飲んでよっぱらい、みんなで歌を歌いながら肩を組んで街を練り歩くことでした。そんな彼らの様子を見ていると、毎日一所懸命、人殺しの訓練をしている人たちとは思えず、一緒に肩を組んで街を練り歩くのも楽しみでした。だからガルガンチュアは、訓練には行かなくなったけれども、大声で歌を歌いながら夜のパリを練り歩いている警護兵の一団から声をかけられると、思わず一緒になって行進したりもしたのでした。

しかし、こうして華のパリでの遊学も
いよいよ終わりにさしかかった頃
実は故郷の楽園王国で
楽園王国史上かつてなかった大変な事態が勃発していたことなど
遊びに興じているガルガンチュアは、知るよしもありませんでした。

第十話　楽園王国の危機

さて、華の都パリで、ガルガンチュアが食べたり飲んだり遊んだりの遊学に明け暮れていたちょうどその頃、故郷の楽園王国に、隣国のピクロックル王国軍が攻め入りました。

原因はよく分かりません。このあたりの人なら誰もが好きな、郷土の誇りともいわれている、パンでもありお菓子でもあるフーガスが原因だとする説や、いやそうではなくて、単に隣の国のピクロックル王国の武装した兵士たちが、何の前触れもなく、いきなり攻め込んできたのだと言う人もいましたが、とにかく突然、緊急事態が発生してしまいました。

平穏を絵に描いたような
のんびりとした日々を送っていた
平和な楽園王国が突如
戦争に巻き込まれてしまったのでした。

フーガス原因説によれば、ある日、楽園王国と隣のピクロックル

王国との境にある小さな村で、楽園王国の牧童たちが、羊を放牧しながら楽しそうに昼時にフーガスを食べながらおしゃべりをしていると、ピクロックル王国の連中が五、六人でやって来て、国境の目印になっている牧場の垣根のそばで、同じようにフーガスを食べ始め、そのうち中の一人が楽園王国の牧童に話しかけてきたのでした。

「お前たちの国のフーガスはどんな味だい、ひとつ味見をさせてくれないか?」

「いいよ、とっても美味しいから食べてごらん」

楽園王国の住人はたいがいお人よしなので、よほどのことがなければ食べ物を誰かに欲しいと言われて断ったりはしません。牧童は喜んで、垣根の側にいた男たちに自分たちのフーガスをあげました。するとと男たちは一口かじると、みんなで申し合わせたように、ペッとフーガスを顔をしかめて吐き出して言ったのだった。

「なんてまずいフーガスだ、こんなフーガスなんて俺たちは一度も食べたことがない」

「そんなはずはない、これはうちのお母さんがつくった世界一のフーガスなんだぞ」
「だから、世界一まずいってことだろ。まったく最低だね、お前の母親の料理の腕は」

母親の悪口を言われてカッとなった羊飼いが、思わず男に近寄ると、男はまるで殴られでもしたかのように、大げさにもんどりうって倒れ、痛そうに顎《あご》を押さえてうずくまった。それを見た仲間の男が大声で、仲間が楽園王国のならず者にやられたぞお、と叫んだ。その途端、大勢の男たちが丘の上に現れました。どこかに隠れていたとしか思えませんが、奇妙なことに全員が鎧兜《よろいかぶと》に身を固め、手に手に武器を持って武装していたのです。ピクロックル国は、どうやら最初から、戦争を仕掛けるつもりで軍を配備していたに違いなかった。牧童たちは慌てて村に逃げ帰って非常事態を王宮に知らせましたが、誰もがただただ驚くばかり。

戦争など一度もしたことのない楽園王国の人々は
何をどうしていいか分からず
とりあえず楽隊が
部隊を先導すべく演奏を始めました。

軍隊を持たない楽園王国には武器もなく、あるのはせいぜい儀式の時や騎士物語ごっこをする時に使う、見かけだけは綺麗だけれども中身は木の、おもちゃのような剣ばかり。そんなもので武装したところで、どうやらこの日のために着々と準備をしてきたと思われるピクロックル王国の正規軍に、まともに立ち向かえるはずもありません。

G. Doré

それでも、自分たちの平和な故郷を愛する楽園王国の民は、バグパイプやオーボエなどを吹き鳴らして先頭を進む勇気ある楽隊のあとを、隊列を組み、手に手に棒や農作業の時に使う鋤《すき》や鍬《くわ》を持って続き、果敢《かかん》に敵の軍隊に向かって行きました。

もちろん、にわか仕立ての寄せ集めの民兵が、訓練を重ねた軍隊に勝てるはずもありません。しかもピクロックル軍は、あらかじめ作戦を練り上げていたに違いなく、さまざまな地点から、一斉に楽園王国に攻め込んできました。

楽園王国の部隊は次々に打ち負かされ、なかには村人が勇気を奮い起こして果敢に闘い、しばらくは持ちこたえた村もあるにはありましたが、それもやがて力尽きました。ピクロックル軍は、多くの村を攻め落とし、さらに楽園王国の中心部を包囲し始めました。

ピクロックル軍の目的は、豊かな楽園王国の富にあることは明らかで、どうやら兵隊達は、攻め落とした村のものは、なんでも奪って良い、と言われているようでした。

ピクロックル軍に占領された村では
家畜であれ農作物であれ
ありとあらゆるものが奪われました。

なかには戦利品と称して若い娘を奪い去るならず者さえいて、ピクロックル王国はこれを機に、楽園王国を完全に占領し、富という富を根こそぎ奪い尽くそうとしているようでした。

ピクロックル軍の目に余る非道に対して、故郷を守るために、家族を護るために、決死の覚悟で、物資を奪おうとする兵士を納屋《なや》に潜《ひそ》んで待ちかまえ、農具で一矢《いっし》報いる者もいるにはいましたが、しかしそんなことで勝敗の行方が変わるはずもありません。

ピクロックル軍は相手が女性であれ老人であれ子どもであれ、全く手加減しようとせず、蓄えてあった穀物も木の実も、家畜も家財も、金目の物であろうとなかろうと、手当たり次第に奪っていきました。

それまで貧しい生活を強いられてきたピクロックル軍の兵士たちは戦利品に狂喜しました。どうやらピクロックル王の目的は、王宮に蓄えられた莫大な金貨や黄金を奪うことにあり、食料や家畜などの富は、兵士の志気を高めるために好き勝手に奪わせるという作戦のようでした。しかしピクロックル軍は、財宝や食料ばかりではなく、子どもや女たちまで奪って行ったのでした。

どうやらこの戦争で
楽園王国そのものを奪い取り
民を奴隷にしようと
しているようにも見えました。

ピクロックル王国は楽園王国に比べれば領土も小さく、民の数も少ない。にもかかわらず、楽園王国の王宮のある街をぐるりと包囲してしまったほど多くの兵士がいたことを考えると、また兵士たちの装備が揃っていないことなど

を見れば、老人と女子どもを除いて、男という男が戦争に駆り出されているのではないかと思われました。
つまりピクロックル王国の王であるピクロックルは、この一戦に賭け、国のすべてを戦争のために動員し、軍備を拡張し、訓練を重ねて虎視《こし》眈々《たんたん》と、準備を調えてきたのでした。
そして楽園王国に蓄えられている膨大な金銀財宝を奪い取れば、軍備に費やした出費は帳消しになって余りあり、それどころか、どこの国にもまけないほどに軍備を強化することも、さらには、捕虜を奴隷化して働かせることで、民をすべて兵士にして、世界を制覇《せいは》することさえ夢ではないと考えておりました。

実はピクロックル王の野望は
まずは楽園王国の財宝を奪って強固な財政基盤をつくり
そこからさらに別の国を攻め落とし、さらに多くの富を奪って
世界に君臨する帝王となるというものでした。

この妄想ドミノ倒しのような作戦の遂行《すいこう》のためには、なんとしても兵士たちの戦意を高める必要があり、そこで、攻め落とした国の富は王のもの、民の富は兵士たちのものという旗印《はたじるし》を掲げて戦争を始めたのでした。ピクロックル軍の略奪《りゃくだつ》はすさまじく、食料はもちろん、大きな家畜も小さな家畜も、泣き叫ぶ娘たちや、空を飛び交う鳥さえ奪ったのでした。

助けを求める娘たちの声が空に響き、平和で喜びに溢れていた楽園王国を悲しみが覆いました。神はどこにいるのか、こんな非道をどうして黙って見過すのか、王は何をしているのか、どうしてあの大きな体で敵を蹴《け》散《ち》らしてくれないのか、そんな民の声はもちろん王宮にも届きましたが、気の弱いグラングジェ王は、体を小さくして王宮の奥に閉じこもるばかりで何もできませんでした。

野山を畑に変えてくれた元気なガルガンチュア王子とパワフルなドスンコユラリがいてくれれば、少しは抵抗できたものを、と思った者も少なくありませんでしたが、しかしガルガンチュアは遠いパリにいて、故郷の苦境を知るよしもありません。

もしかしたらピクロックル王は、ガルガンチュアが不在であるこの機を狙って攻めてきたのかもしれません。そしてピクロックル軍の非道はさらに続きました。

遂に王宮のある街の中心にまで攻め込んだピクロックル軍の精鋭《せいえい》は、教会前の広場で勝鬨《かちどき》を挙げ、勝利の踊りを踊りましたが、その勢いをかって、あろうことか今度は、教会に狙いを定めます。

教会は聖域であり、どんな戦争であっても、軍は教会には侵入してはならないのが常識。非常時には、教会は負傷者たちの病院となり、そこでは敵も味方もなく、体や心に傷を負った者を集めて、僧侶や修道士たちがつくった薬草で体を治し、心を鎮め、平和な日々が来るよう、みんなでお祈りを捧げる場所とされてきたはずです。

しかし略奪の限りを尽くして、すでに狂気の軍団と化していたピクロックル軍は、まずは教会の後ろにある修道院に突入すると、集まって祈りを捧げていた修道士たちを追い出し、そこを陣地として宴会を始めます。

外に出された修道士たちは、街の外まで追いやられ、ピクロックル軍の近衛兵《このえへい》である騎馬隊が、懸命に逃げる修道士たちをからかうように追い立てました。

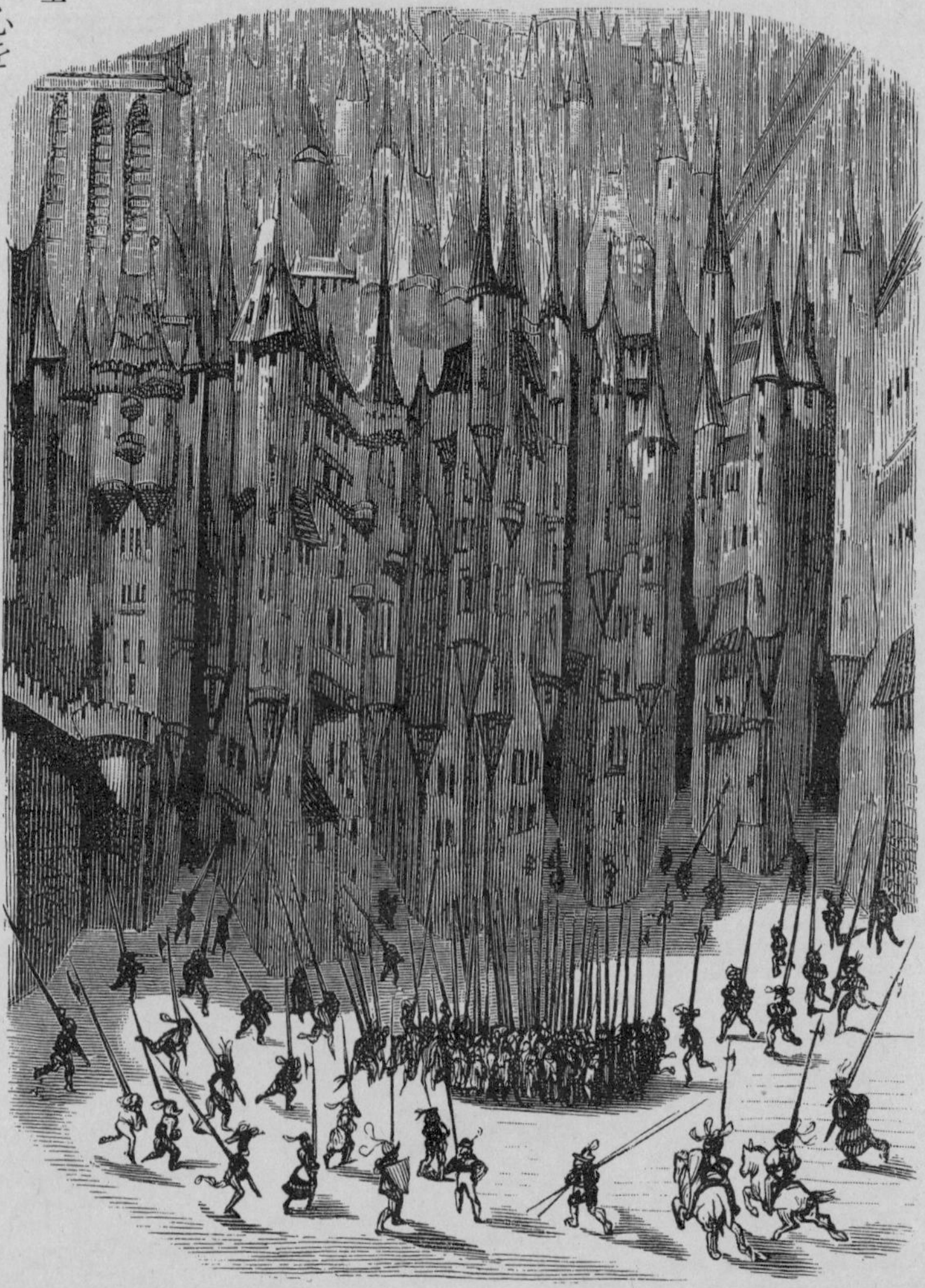

近衛兵の作戦はどうやら、いろんな知識があって口が立ち、おまけに神さまのお友達である修道士たちに狼藉《ろうぜき》を目撃されたのでは、のちのち面倒だと考えたに違いありません。

そこには、無知で口べたなピクロックル王の強い意志が、というより、自分のこと以外は頭になく、しかも小さな頭に、ありとあらゆる妄想がぎゅうぎゅう詰めになっていて、ほかのことが何にも入り込む余地さえないピクロックル王の、常識外れの身勝手な頭の構造が関与していることは明らかでした。こうして楽園王国の命運も、風前《ふうぜん》の灯《ともしび》となりました。

そしていよいよ明日は
ピクロックル軍が
王宮の財宝を目指して
総攻撃を開始するという夜
ひっそりと静まり返った教会のなかに
断固として戦う決意を固めた
一人の志士がいました。

その名は修道士ジャン。一介の下級修道士であるジャンは、実は、普段はものしずかで目立たないけれども、修道士になる前は、騎士ごっこでは誰にも負けたことがないばかりか、騎士の本場であるイギリスの御前試合《ごぜんじあい》でも優勝し、ランスロットの再来かと言われたほどの剣や槍の達人でした。

しかし、馬上槍《やり》試合で親友と腕比べをした際に、槍の勢いが余って親友を亡くしてしまって以来、名誉も剣も槍も捨てて修道士となり、それからというもの、人と口論することさえない静かな生活を送っておりました。

修道士ジャンは、楽園王国の民に対する敵軍の残虐非道《ざんぎゃくひどう》を見せつけられ、王宮までもが魔の手にかけられそうな事態を、どうしても見過ごすことができず、もう二度と人と戦わないとの誓いを破り、再び戦うことを決意したのでした。

神の前で誓ったことを破るにあたって、修道士ジャンはまずは神に許しを乞い、そして教会と命運を共にするために残っていた司教や司祭たちに、必死の思いで願い出た。

修道士ジャンは言った。

この難局に立ち向かえるのは自分しかおりません。

楽園王国を救うために敵と戦うことを許可していただきたい。

たとえこの身が地獄に堕《お》ちてもかまいません。

ピクロックル軍が教会の中に攻め込んできたのは、まさに大司教が、修道士ジャンに戦う許可を与えた瞬間でした。戦利品のことで頭がいっぱいになってしまっていたピクロックル軍は、教会には金目のものがあるはずと、狂ったように扉を壊して押し入ってきます。我先にと祭壇に駆け寄り、金の燭台《しょくだい》を奪い合う醜悪《しゅうあく》な姿を見るに至って、修道士ジャンの怒りは頂点に達しました。

思わず、そばにあった
巡礼の際に持つ錫杖《しゃくじょう》を手にした修道士ジャンは
たった一人で敵軍に突入すると敵兵をめった打ち。

その凄《すさ》まじさは、まさしく三途《さんず》の川の渡し守、悪人たちを櫂《かい》で打ち据えて地獄に送る狂乱の船頭カロンのよう。振り回される錫杖が、バッタバッタと敵をなぎ倒し、敵は一人だひるむなと叫ぶ隊長の声も空しく、兵士たちは及び腰。それでも槍を持って取り囲むと、修道士ジャンは顔色一つ変えず、居並ぶ兵士たちを、氷のような目で静かに睨《にら》み据《す》え、体の底から怒りが燃え上がってくるのを待つかのように、微動だにせず仁王立ち。その静かな怒りの恐ろしいこと、恐ろしいこと。

修道士ジャンの圧倒的な迫力に、体はこわばり足は震える。あまりの緊張に耐え切れず、誰かが悲鳴を上げ目をつぶって槍で突きかかると、それを待っていたかのように、再び台風のように振り回される錫杖の嵐。あっという間にピクロックル軍は総崩れとなって逃げ惑い、扉に向かって殺到したが、出口は狭く兵士は多く、焦る兵士たちが折り重なって出口は塞がり、なかには逃げ場を求めて柱によじ登るものもいました。

修道士ジャンの獅子《しし》奮迅《ふんじん》の戦いぶりに
ピクロックル軍は悪魔に出会ったかのように
恐怖におののき、総崩れとなって退却しました。

修道士ジャンは、なおも錫杖を振りかざして後を追い、勢いを得た楽園王国の民たちも、手に手に武器になりそうなものを持って後に続いたので、街の中心部に攻め入ったピクロックル軍は、なにもかも捨てて退却しはじめた。

こうして教会も王宮もかろうじて護られたかに見えましたが、しかしこの戦争が、準備に準備を重ねたものであった証拠には、その頃、王宮に攻め入ろうとした先陣とは比較にならないほどの大軍、ピクロックル王自らが率いる本隊が、突撃の合図を待って、楽園王国に攻め入ろうとしていることを、その時はまだ、グラングジェ王も民も、そして修道士ジャンも知らなかった。

第十一話　グラングジェ王の動揺《どうよう》

さて、修道士ジャンが孤軍奮闘《こぐんふんとう》して敵を蹴散《けち》らしていた頃、それでは楽園王国の王であるグラングジェは何をしていたのかということですが、ピクロックル軍が楽園王国に攻め込んできたという知らせが王宮にもたらされた時、自分の国で戦争が始まるとは夢にも思っていなかったグラングジェは、実は使者が何度説明しても、意味が分からず、その知らせを信じようとさえしませんでした。

ピクロックル王国は、楽園王国とは遠い昔から平和な関係を保ってきた国であり、国の大きさだって民の数だって楽園王国の十分の一もありません。そんな国が、しかも自分とは逆に普通の人より体の小さいピクロックル王が、〳〵わざわざ戦争を仕掛けてくるはずがない。だって戦争というのは、たがいの民を殺し合うことではないか。そんなことをして何が嬉しいのか。それに仮に戦争をしたとして、たがいの民がたがいに一人づつ殺し合ったら、ピクロックル王国の民はすぐにいなくなってしまうではないか。そんな馬鹿げたことを、いくらなんでもピクロックルがするわけがないと思いました。しかも自分が知るピクロックルは、体も小さいし気も小さかった。子どものころのピクロックルは、犬や猫はもちろん、アリやコオロギを見ても恐がって逃げ回っていたではないか。しかしすぐに、第二、第三の知らせが入りました。

どうやらピクロックル軍は
本当に戦争を仕掛けてきたばかりか楽園王国の民の財産を
根こそぎ奪っているらしい。

ニワトリやヒツジやウシはいうに及ばず、民たちが丹精《たんせい》を込めてつくった麦もソーセージもジャムも、なにもかも奪われ、とうとう若い娘までもが連れ去られたという知らせを聞くに至っては、いくら呑気《のんき》なグラングジェ王でも、なぜか本当に戦争というものが始まってしまったのだということを認めざるを得ませんでした。

やがて敵軍が王宮の近くまで迫ってきたという知らせや、すでに教会にまで攻め入ったという知らせも入り、ただちに防戦の準備をと叫ぶ家臣の声が動揺するグラングジェの耳に空ろに響きましたが、それでも王は、何をどうしていいかも分かりませんでした。

そうこうするうちに今度は、教会に攻め入った敵軍を、なんと修道士ジャンがたった一人で打ち負かし、国境まで追いつめているようだという知らせが入りました。

グラングジェ王は、ああよかったと胸をなでおろし、今度のことは悪い夢でも見たと思って忘れようなどと考え、なにはともあれと、ひとまずワインを飲み始めましたが、そのワインを半分も飲まないうちに、今度はピクロックル軍の大軍が、修道士ジャンのいる場所の反対側の国境にある、難攻不落《なんこうふらく》の地獄城に向かって進軍を開始したという伝令が入りました。

地獄城は、楽園王国の第三代目の王、ボンボン王が建造した城で、断崖絶壁《だんがいぜっぺき》が城の前にあるため、敵が攻めてきたとしても、城に到達

する前に、足を滑らせて地獄の底へまっしぐら、ということを目論《もくろ》んで建てられた城でした。

これは楽園王国の歴代の王が、みんな戦争嫌いだったことの表れで、戦争のための軍を編成したり、大量の武器をつくったりするより、決して攻められないようにしておけば、戦争そのものが起きないであろうという考えによって建造されたものでした。

しかしこの国防戦略には致命的な落ち度がありました。確かに地獄城の前には、地獄の底にまでも落ち込む深い大地の裂け目がありましたが、しかし大地の裂け目は、ちょうど城の正門を中心に、左右せいぜい一キロメートルくらいしかありませんでした。

したがって大地の裂け目を避け、大回りをして城の裏に回れば、何の苦もなく地獄城に到達できるのでした。どんな軍隊だって、わざわざ断崖に向かって進軍して、ボンボン王の目論見どおりに地獄にみんなで落ちていくはずがありません。これは楽園王国の歴代の王が、戦争嫌いであると同時に、とことん呑気《のんき》で楽天的でもあった証拠ですが、ようするに、この城が難攻不落であったのは、建国以来、楽園王国に戦争というものが一度も無かったからにほかなりません。

当然のことながらピクロックル王の大軍は地獄には落ちず、多少の大回りをして進軍しましたが、その数なんと三万五千。ピクロックル国の民の数が十万そこそこであったことを考えれば、男という男が戦争に駆り出されていたにちがいありません。

兵士が護るどころか
とっくの昔に空き城《しろ》になっていて
コウモリくらいしか住んでいなかった地獄城を
ピクロックル軍は何の苦労もなく占領した。

どうやらピクロックル王は本気でした。民をみんな兵士にして、その兵士を全員動員し、国を空っぽにして攻めてくるというのは、兵法的には狂気の沙汰《さた》で、楽園王国の莫大《ばくだい》な富に目が眩《くら》んだとしか思えませんが、もしかしたらこれはただ単に、グラングジェと同じように実戦の経験が全くないピクロックルの、常軌《じょうき》を逸したボンクラ作戦でしかなかったかもしれません。

それでも、決して豊かではないピクロックル王国が、なけなしの富を必死に軍備につぎ込んできた証拠には、にわか仕立ての兵士といえど、王を取り巻く親衛隊は、全員が鎧兜《よろいかぶと》に身を固め、長い長い槍で武装しておりました。

それに、ピクロックル軍に作戦と言い得るようなものが全く無かったというわけでもありません。まず地獄城を占拠したのは、そこを拠点にして攻撃をかけるためと、奪った食料を、もしも戦争が長引いた時の兵糧《ひょうろう》として、そこに蓄えるという算段かとも思われました。しかし考えてみれば、そんなことにまでピクロックル王の考えが及ぶはずはなく、これはどうやら誰かが王に入れ知恵をしているにちがいなかった。

難なく地獄城を攻め落としたピクロックル軍は
グラングジェの王宮の方角に
槍を掲げて陣を張りました。

一方、楽園王国では、修道士ジャンが敵を蹴散《けちら》しているという朗報がもたらされてホッとした矢先に、ピクロックル国の大軍が国境を越え、あっという間に地獄城を占拠してしまったという知らせを聞いて、体は巨大でも気の大きさは人並み以下のグラングジェの動揺は頂点に達しました。

もうこれ以上、何も聞きたくない何も見たくはないと、情けないことに、家臣に命じて自分の目と耳を塞《ふさ》がせる始末。

大きな頭をシーツでぐるぐる巻きにしながら家臣たちは、王さまがこれでは楽園王国もお終いかと思わざるを得ませんでした。しかし、こんな王だったからこそ、そして似たような王がずっとこの国を治めてきたからこそ、これまで戦争もなく、軍事訓練に駆り出されることもなかったのは事実。

それにしても、これからこの国はどうなってしまうのだろうと思いながらも、もっと布をしっかり巻いてくれ、とグラングジェ王に言われるままに家臣たちが王に目隠しをしていると、そこに楽園王国で最も信頼されている国務大臣の、ナンジャモンジャーナ卿《きょう》が現れました。

ナンジャモンジャーナ卿は、先代の王の時代からすでに相談役として働いており、幼いころのグラングジェにとっては、なにかと口うるさいお目付け役のような存在でしたが、楽園王国が何とかやってこれたのは、頭も回り弁も立ち、経験も豊富なこのナンジャモンジャーナ卿がいたからで、たいがいのことは、実はこの老臣が仕切っていたのでした。

「王さま、そのようなことをしておる場合ではございませぬ。一刻も早く、この馬鹿げた非常事態を収束させなければなりませぬ。つきましては我輩《わがはい》が、あの小豆頭《あずきあたま》のピクロックルめのところに、今すぐに話をつけに参りまする」

王さまにあられましては
さっさと目隠しをほどかれ、目をしっかりお開けになり
ガルガンチュア王子さまに、すぐにご帰国なさいますよう
手紙を書いて下さいませ。

こうして王宮を出て、ピクロックル王が陣を張る地獄城に向かったナンジャモンジャーナ卿でしたが、途中でピクロックル軍が楽園王国の民に対して行った残虐非道《ざんぎゃくひどう》を目にして、事態が想像以上に深刻であることに呆然としました。

ピクロックル王のことは、もうずいぶん長い間会ってはいなかったものの、彼が泣き虫のはな垂れ小僧だった頃からよく知っており、彼が戦争を起こしたとしても、それは一時の気まぐれか、遊びに毛の生えたような単なる思いつきに過ぎず、城の一つも奪って三、四日もすれば、すぐに飽きて国に帰るだろうと思っていたのでした。

そうでなくても自分が行って一喝《いっかつ》するなり、何が望みかを聞いてそれをかなえてやれば、すぐにでも矛《ほこ》を収めるだろうと、ナンジャモンジャーナ卿は考えていました。しかし道中で見た惨状は、目を覆いたくなるほど凄惨《せいさん》なものでした。

行く先々で出会う民の話を聞けば、ピクロックル軍の目的が、楽園王国の富を何もかも奪い取ることにあるとしか思えず、軍隊による戦争というより、規律も正気も失ってしまった暴徒に

よる集団強奪のように見えました。
　家畜や家族を護ろうとして抵抗したものは殺され、泣き叫ぶ女たちの声が空を裂いて響き渡ったという。通常の戦争ならばいるはずの、部隊を統率する隊長のような者さえおらず、ピクロックル軍の兵士たちは、我先にと人家を襲ったということでした。
　これはまずいことになったとナンジャモンジャーナ卿は思いました。通常の戦争であれば、始まりと終わりがある。領土をめぐる争いであれ、富の分配を巡る争いであれなんであれ、戦争には必ず、それを始める理由というものがあり、それを巡ってたがいに大義を主張しながら、争いを自国に有利に収めるために武力を使う。だから、戦争の理由や相手の目論見《もくろみ》さえ分かれば、自ずと戦争を収める方法も見えてきます。
　しかしピクロックルが、宣戦布告も大義の主張も何もなく始めたこの戦争には理由が見当たりません。戦う理由というものがないまま戦争に突入し、強奪そのものが目的となって暴徒化した兵士たちの頭は、もはや正常な状態ではなくなってしまっています。

ようするに
戦争とは何かを知らないものが始めた戦争ほど
恐ろしいものはありません。

こうしてナンジャモンジャーナ卿が、解決の方策を見いだせないまま、従者たちと共に地獄城に向かっていた頃、一騎の早馬が、グラングジェ王がしたためた手紙を持って、ガルガンチュアのいるパリを目指した。三日三晩、体を火の玉のようにして駆け続けた使者がパリに着いた時、ガルガンチュアはちょうど、パリ郊外の森で、のんびりワインを飲みながらランチを食べていました。

王国の危機でございます、ただちにご帰国を、と叫ぶ使者から手渡された手紙には、こんなことが書かれていました。

「都で勉強をしている愛する息子よ、さぞかしいろんなことを学んだであろう。そして、もっと学ぼうとしているお前にこんなことを言うのはまことに気が引けるのじゃが、今すぐ帰ってきておくれ。大変なことになってしまったのじゃ。お前も知る隣の国のピクロックルが、いきなり、ものすごくたくさんの軍隊を連れて攻めてきたのじゃ。

可愛い民が、ひどい目にあっておる。

パパはもう、恐くて堪《たま》らん。都でしっかり勉強をしたお前なら、きっと何とかできると思う。お願いじゃガルガンチュア。

愛する息子よ明日の星よ、どうか、できるだけ早く戻ってきて、早く何とかしておくれ。
楽園王国始まって以来の一大事じゃ。こんなことは今まで一度もなかったし、だからこれからもないと思っていたけれども、何故かこんなことが起きてしまった。
起きてしまったことは何とかしなければいけない。それが王の務めであることは分かっておるが、それ以上のことがパパにはさっぱり分からない。だから、お前になんとかしてもらうしかない。もちろんナンジャモンジャーナ卿は平和交渉に向かったし、ジャンという修道士が一人で戦っておるが、それだけでは心配じゃ」

お前が帰ってきてくれれば
きっと何とかなると思うので
早く帰ってきておくれ
パパより。

一方、地獄城に向かったナンジャモンジャーナ卿は、城を前にして躊躇《ちゅうちょ》した。どうやら兵士の数は多く、城からは、大勢の兵士たちが騒く声が騒然とした音のかたまりとなって溢《あふ》れ出し、グワングワンと谷間にこだましていた。

奪い取ったもので大宴会をしているに違いない。こんな連中に、はたして何をどう言えばいいものか。さすがのナンジャモンジャーナ卿も途方に暮れました。

連れてきた従者は少なく、下手に相手を興奮させれば、停戦交渉どころか、無事に帰ることさえままならない。交渉を決裂させればただちに決戦が始まるだろうが、戦うということを知らない楽園王国の民を戦わせるような事態だけは、何としても避けなければならない。かといって、下手に向こうの条件を何でものむといえば何をいい出すか分からない。ここはなんとしても、自分とピクロックルとで話をする場をつくり出さなければならない。そう思い定めたナンジャモンジャーナ卿は、しばし目をつぶり、心を鎮《しず》めた後、懐《ふところ》から横笛を取りだすと、城に向かって笛を奏《かな》で始めました。

笛の音は
どこまでも透き通った清らかな音色で
獣や岩や草木さえも耳を傾けるような
美しい調べと共に夕暮れの谷を渡り
城の方へと流れていきました。

この笛の音を耳にすればピクロックルは、笛の音の主が自分であると、きっと分かるに違いない。幼い頃、ピクロックルが楽園王国の祝祭に招かれてきた時、この笛の音にウットリとしながら聞き惚《ほ》れ、それを教えてくれと言い、笛を渡すと嬉しそうに笛を吹いてみた時のことを、きっと思い出すに違いない。もしかしたらそれが話し合いの糸口になるかもしれない。
ナンジャモンジャーナ卿の、祈りにも似た笛の音が流れ始めると、あんなにも騒然としていた城が、次第に静かになり始めました。笛の音はやがて、城を包むように漂い、ピクロックル王の耳にも届いた。

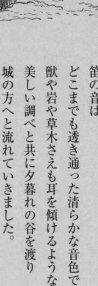

「あれは、ナンジャモンジャーナの笛じゃないか。きれいだなあ。戦争中じゃなかったら、ここで一曲吹いてもらうんだけど、そんなわけにもいかないよねえ。きっとグラングジェの代わりにやってきたんだろうから、誰かようすを見てきてくれないかなあ」

ピクロックルにそう言われて兵士たちが、城の見張り台に現れました。

それを見て
ナンジャモンジャーナ卿は
すかさず一羽の鳩に
オリーブの葉をくわえさせて放った。

谷間の上で何度も輪を描いて飛ぶ鳩の姿を見れば、ナンジャモンジャーナ卿が平和交渉のためにやって来たのだということくらいは、ピクロックル軍の兵士たちにだって分かる。兵士たちが、そのことを王に告げると、ピクロックルは、自ら城壁のところにまでやってきて言った。

「おーいナンジャモンジャーナ
何の用かあ？」
幼い頃からピクロックルは、あまりお利口な子どもではなかった。城壁から顔を出したピクロックルの顔を見たナンジャモンジャーナ卿は、どうやら大人になったとはいうものの、おつむの程度はあいかわらず、というか、ますます空っぽになっているようだと見て取った。
しかも、もともと気が弱くて泣き虫だったうえに、あらたまって何かを話そうとすると、緊張して言葉が出なくなり、ときどき引きつけを起こしたりするようなピクロックルが、戦争などという、とんでもないことを始めたのは、ようするに、甘やかされ放題に育てられただけではなく、先代の王が亡くなってから、すべては家臣任せで、結果として、馬鹿な取り巻き連中の操り人形になってしまったのだと思われました。

どうやらピクロックルを相手に話をしてもどうにもならないと考えたナンジャモンジャーナ卿は、ピクロックルに直接会って、なだめたり叱ったり情に訴えたりすることから打開策を見いだそうとしていた当初の作戦を変更し、ここはまず家臣を相手に、戦争の原因は何か、そしてどのような条件であれば矛《ほこ》を収めるかを探ることにしました。

「ピクロックル軍の勇者たちよ、我輩は楽園王国のグラングジェ王の側近のナンジャモンジャーナでござる。貴殿たちもご存知のように、ピクロックル国と楽園王国とは友好国どうしであり、争いごとなど建国以来、一度も起きたことはない。たがいに深い信頼で結ばれていたはずでござる。そんなピクロックル王国が、我が国に対して戦争を起こされるのは、余程の事情があったと推察いたす」

ついては、何故このような事態となったのかを
しかるべきお方にご説明いただければ幸いにござる。
話をお伺《うかが》いしましたなら
それをグラングジェ王のもとに持ち帰り
我輩の名において、しかと王に申し伝えまする。
そしてもし、当方に何らかの落ち度があったとなれば
それに対しては誠実に対処いたすことをお誓い申し上げる。

ナンジャモンジャーナ卿がそう告げると、しばらくしてギギギギーと音がし始め、城門から降りてきた長いはね橋が、城とこちら側とをつなぐやいなや、城の中から顔を兜で隠した数騎の重臣と思われる騎士が現れ、

大きな声でこう言った。

「では説明するぞ。もとはといえばお前たちが悪いのだ。いいか、我らの国のおとなしくて正直な牧童たちが、お前たちの国との国境で、お昼に仲良くフーガスを食べていると、お前たちの国の人相の悪い牧童たちが七、八人で、国境の柵を乗り越えて来て、いきなり我らの国の牧童を殴りつけると、フーガスが入れてあったカゴを、何もいわずに持って行ってしまったのだ。中には、どこより美味しいフーガスが五十二個も入っておった。お前たちの泥棒牧童は、柵をまたいでお前たちの国に戻ると、お腹を空かせた我らの国の牧童に見せびらかしながら、美味しそうに我らの民のフーガスを、みんな食べてしまったのだ」

「我らの国の牧童たちは、頭や顎《あご》や手や足から血を流しながら、楽園王国の不良牧童から乱暴されてフーガスを五十二個も奪われ、しかもそれを目の前でみんな食べられてしまったと、我らの国のピクロックル王に泣きながら訴えにきたのだ。

愛する民をそんな目にあわされて、我らがピクロックル王が我慢できるはずがないであろう。だから、そんなお前たちの悪い牧童を懲《こ》らしめるためと、そんな平和を乱す不良を野放しにして知らん顔をしているお前たちの国とその民を、世界の平和のために、この世から抹殺《まっさつ》することに決めたのだ。

もし滅ぼされるのが嫌なら、まずは我らの国の牧童たちの怪我の治療代と、彼らが心と体に受けたショックから立ち直るための回復料と、すでに食べてしまった、どこより美味しい、もう二度とあんなに美味しくは決して焼けないフーガス五十二個の代金と、それを食べられなかった我らの国の牧童たちの悲しみを癒《いや》すための慰謝料と、愛する民がひどい目にあって悲しむピクロックル王への詫《わ》び料と、こんなに多くの民を無理やり徴兵しなければならなくなった王の心痛と我らの国の財政に与える損失等々、まとめて、いいか、五十二万グランパスツールを即刻金貨で支払えば良し、さもなくば、明日か明後日には総攻撃をかけ、お前たちの国とその民を滅ぼしてしまうぞ」

それを聞いたナンジャモンジャーナ卿はウンザリし、それでも、どうやらピクロックル王国の馬鹿家臣どもは、ようするに金貨が目当てだと当たりをつけた。その程度のはした金で戦争が収まるのなら安いものだとナンジャモンジャーナ卿は思い、その場で返事をしようかとも思いましたが、しかし、はたして支払ってくれるだろうかと、内心心配になっているにちがいない馬鹿どもを興奮させないためにひとまずこう言った。

「分かり申した。

貴殿たちの意向は我輩が責任を持ってグラングジェ王にお伝えいたす」

一方、楽園王国の王宮では
グラングジェ王が
王宮の一番奥の部屋の隅で
大きな体を小さくして震えておりました。

帰ってきたナンジャモンジャーナ卿が要求を伝えると、グラングジェは、たちまち笑顔になってこう言いました。

「良かった。それくらいで戦争が終わるのなら喜んで払う。みなのもの、言われた額の十倍の金貨を用意せよ。それからすぐに、五千二百個の、とびきり美味しいフーガスを焼かせよ。五百二十本のワインもつけよ。そうだ、奪い去られた娘たちの身代金も用意して、再び地獄城に向かってくれ」

第十二話　ピクロックル王国の内実《ないじつ》

ナンジャモンジャーナ卿は、グラングジェ王の常軌を逸《いっ》した大盤振る舞いに驚きましたが、奪い去られた娘たちの救出を考えれば、そのほうが良いかもしれないと思い直し、大量の金貨と大量のフーガスと大量のワインを積んで、再び地獄城に向かった。

着くとすぐに、お前たちの要求はすべて呑《の》む。したがって、ただちに戦争を止め、奪った娘たちを返せ、と伝えると、地獄城に立てこもったピクロックル軍は騒然となりました。

軍備にすべてをつぎ込んで貧乏暮らしが続いていた彼らには、思い切って要求した五十二万グランパスツールは途方もない大金でした。

もともとこちらから因縁をつけて始めた戦争であり、そんな大金をすんなり払ってくれるとは夢にも思ってもいなかったのに、それどころか、下々の兵士たちが勝手にさらってきた娘たちを無事に返してくれさえすれば、要求した金貨の十倍もの、目も眩むような大金を、大量のフーガスとワインのおまけつきでもらえると聞いて、ピクロックル王の家臣たちは誰もが目を血走らせました。

それが手に入ったら、あれをしようこれを買おう、それより、腹がはち切れるまでご飯を食べようと、それぞれの頭は妄想で一杯になってしまった。

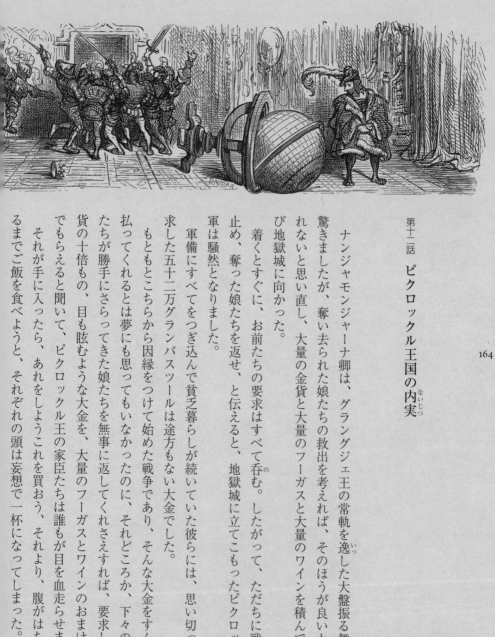

そのうち
大金とフーガスとワインを
誰がどう分けるかで言い争いになり
とうとうピクロックル王さえ無視して
仲間割れの大喧嘩《おおげんか》が始まってしまった。

すっかり気分を害したピクロックル王が、たった一人で玉座《ぎょくざ》に坐ってつまらなさそうにしていても、誰もそれに気付きません。仲間割れはしばらく続き、とうとう本当につまらなくなってしまったピクロックルが、大きな溜《た》め息をついて呟《つぶや》いた。

「もう戦争なんて止めちゃおうかなあ、もうどうでもよくなってきちゃった」

それがたまたま、仲間に突き飛ばされて玉座のところにまで転がってきていた大臣の耳に入った。ここでそんなことをされては、貰《もら》えるものも貰えなくなってしまう。ここは、あくまで強い態度で相手を威圧して賠償金をもらわなくては、何のために戦争を始めたか分からない。勝手に戦利品を奪っていいといわれている下々の兵士たちはともかく、自分たち家臣は、賠償金をせしめなければ意味がない。あるいは豊かな楽園王国全体を奪い取ってこその、夢にまで見たひだり団扇《うちわ》生活。それには、ピクロックル王が、あくまでも戦いの姿勢を崩さず、ひたすら強気に虚勢《きょせい》をはって、怒り狂って楽園王国の王である弱虫のグラングジェに立ち向かうことが肝心。

そこで大臣は慌てて皆を鎮めはじめましたが、みなまで言わなくても、意志消沈した王さまの顔色を見れば、そうだこんな仲間割れをしている場合じゃなかったと、さすがに誰もがすぐにそう思い、騒ぎも次第に鎮《しず》まりました。

家臣たちが玉座のまわりに集まり、どうなされましたか王さま、しっかりなさって下さいませ勝利は目前ですぞとか、お腹が空いて元気がなくなってしまったのであれば、もうすぐ楽園王国の上等のバターをたっぷり使ったフーガスが食べられます、とにかくそれまでのご辛抱ですぞとか、いろんなことを言ってなだめると、ピクロックルは少しずつ機嫌を直し、弱々しい声でこう言いました。

だって、誰も僕のことを
かまってくれないんだもん。

そこに騒ぎを聞きつけて、ピクロックル王国の重臣の一人、つまりはこの戦争を仕掛けた黒幕の一人であり、ピクロックル軍の総指揮官であるハラグロックル将軍がやって来た。事の顚末《てんまつ》を聞いた将軍は、傲慢《ごうまん》な口調でこう言ったのだった。

馬鹿者ども
たかが五百二十万グランパスツール金貨と
五千二百個のフーガスと五百二十本のワインで
なにをとち狂っておる。
まだまだほんの序《じょ》の口じゃ。

「いいか、ちょっと脅かしただけで、提示した賠償金の十倍の金貨に、おまけをつけてきたのだぞ。だったらもっと脅かせば、百倍、いや千倍の賠償金だって簡単なことじゃ。なにしろグラングジェは、戦争が大嫌いな腰抜けじゃ。いいか、本当に重要なのはこれからじゃ。ここから何をどうするかで、戦利品の額が大幅に違ってくるのじゃ。まだ貰《もら》ってもいないフーガスに涎《よだれ》を垂らしておる場合ではない。

確かに楽園王国のバターや小麦は、我らの国のものとは比べ物にならないくらい上等じゃ。拙者《せっしゃ》も何度か向こうの王宮で食べたことがあるが、それはもう、舌がとろけるほどじゃった。だがしかし、いや、だからこそ我らは、戦争を始めたのではなかったか。楽園王国は、我らの国の千倍も万倍も豊かじゃ。ならば、向こうが提示してきた千倍、いや万倍の賠償金をせしめてこその戦争じゃ。王さまも馬鹿な家臣に無視されたくらいで戦争を止めるなどと、ああ情けない。この戦争に勝てばフーガスは食べ放題、楽園王国の可愛い娘たちを大勢、周りに侍《はべ》らせることだってできるのですぞ」

「そうじゃそうじゃ。いやいや、それくらいではまだまだ。

ハラグロックル将軍、よもや我らがこの戦争を始めるにあたって話し合ったことを忘れたわけではあるまいな。

我らが心を割って議論を重ねたのは、もうかれこれ四十年も前。あれは我らの国の飢饉の冬のことじゃった。楽園王国から緊急物資としてフーガスが大量に送られてきた時、腹を空かせた先代の王は慌《あわ》ててそれを食べ、フーガスを咽に詰まらせて突然死んでしまわれた。我らは、貧しいということの惨めさに打ちひしがれた。

その時我らは、二人で力を合わせ、幼いピクロックル王子の後ろ盾となって、この国を、楽園王国のような豊かな国に、いやそれ以上の国にすることを誓い合ったではないか。

それには、楽園王国に戦争を仕掛けて財宝とともに、国そのものを奪い取るのが一

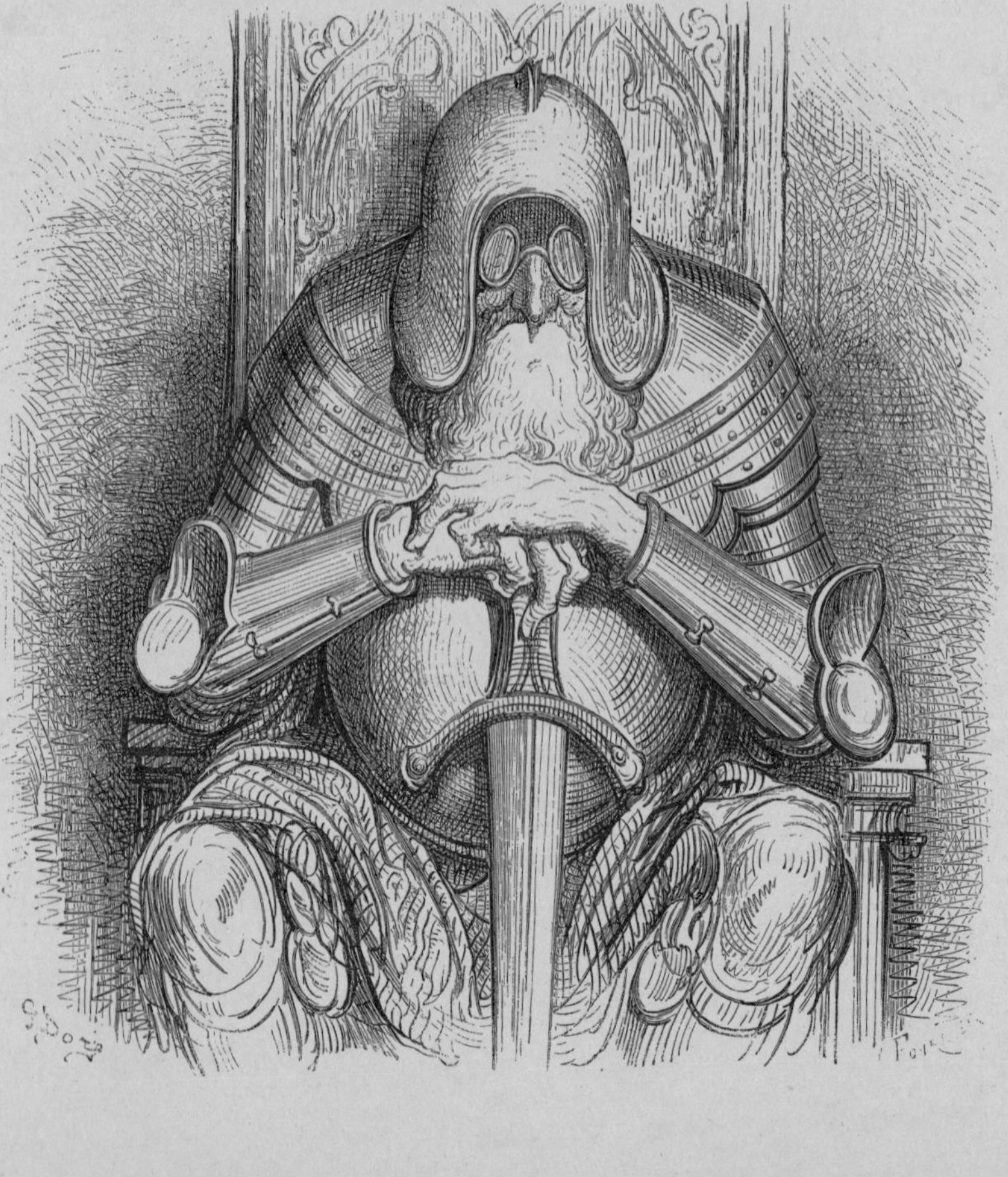

番と、四十年間というもの、餓えに耐え、ひたすら軍備を増強し、ようやくここに至ったのではござらぬか。待ちに待った戦争をようやく始め、世界征服がさあこれからという時に、わずかばかりの金貨に血迷ってどういたす」

我らの野望は
ひとまず楽園王国に攻め入り
無尽蔵《むじんぞう》というべき楽園王国の財宝で
さらに最強の軍隊をつくって
世界を制覇《せいは》することであるぞ。
ハラグロックル将軍
よもやその壮大な作戦を忘れたわけではあるまいな。

低いしわがれ声でそう言ったのはドンヨックル総隊長。ハラグロックル将軍とともにピクロックル王国を牛耳《ぎゅうじ》る黒幕だった。ハラグロックル将軍は、ピクロックル王を意のままに操りながら、陰謀に陰謀を重ねて国の一切の権力を握るまでに至り、ドンヨックル隊長は、その後ろ盾として軍隊を仕切り、自らも必死に武芸に励んできた。

しかし、苦節数十年の軍人生活はもはや限界。いまや鎧兜《よろいかぶと》を身に付けると、その重さで立ち上がることさえできないほどに足腰が弱ってしまっていた。しかし気力だけは誰よりも軒昂《けんこう》で、そんなアンバランスな状態に焦りを感じたドンヨックル総隊長は、もうこれ以上は待てないと、ハラグロックル将軍を焚《た》き付けて、世界制覇に向けた戦争を開始したのだった。

二人の重臣《じゅうしん》の威厳《いげん》に満ちた、というか、ふつうなら、ただのノウタリンの空威張《からいばり》としか思われない発言に、四十年かかって洗脳されきってしまっていた家臣たちは、そうだそうだそうだったとばかりに、頭の中ばかりか、親の代から骨の髄にまで刷り込まれた作戦を、ピクロックル王に向かってみんなで説明し始めた。

「ほら王さま、このとおり、ドンヨックル総隊長の指揮のおかげで、難攻不落《なんこうふらく》といわれた地獄城はすでに我らの手に落ちました。ハラグロックル将軍の交渉力があれば、巨万の富と食べ切れないほどのフーガスが目の前です。そこで我らは軍備力を強化してさらに勝ち進み、さらに戦利品を分捕って、最強の王国となって世界を手中に収めるのです。そこでいま一度お聞きいたします。王さまの夢は何でございましょう」

世界を制覇して
餓えも他国に攻められる恐れもない平和な世界にして
それからグラングジェのようにお腹いっぱい食べて
ゆっくり昼寝をすることじゃ。

「そうでございましょう。我らも同じでございます。ですから、我らの偉大なるハラグロックル将軍様とドンヨックル総隊長様がおつくりになった掛け声と共に、とにかく平和のために戦い続けなければなりません。もっと欲しがりましょう勝つまでは。戦い続けましょう勝つまでは。ゆっくりと、昼寝ができる世界の平和を勝ち取るまでは。さあ、王さまもご一緒に！」

「そうじゃ、腹いっぱいのご飯のためじゃ。そして思う存分昼寝ができる世界の平和を勝ち取るためじゃ。ここで気を緩めてはならぬ。すでに栄光の戦いは始まった。ならば叫べ。もっと欲しがろうぞ勝つまでは、戦い続けようぞ、ゆっくり昼寝をするまでは」

オオーッ。

もっと欲しがろう勝つまでは。
戦い続けよう
ゆっくり昼寝をするまでは。

こうして、すでに世界を制覇したかのような気分になったピクロックル王は、ついさっきまで意気消沈していたにもかかわらず、一瞬にして頭に血を上らせたばかりか、その血を沸騰《ふっとう》させんばかりの勢いで、自ら剣を天に向かって掲《かか》げて叫んだ。

家臣たちもまた、せっかく大量の美味しいフーガスと金貨を、楽園王国のナンジャモンジャーナ卿が目の前まで持ってきてくれているにもかかわらず、そのことをすっかり忘れて、もっと先にある、もっと大量のフーガスと、もっと莫大な富の妄想のとりことなって気勢を上げた。

このピクロックル王の瞬間湯沸かし器のような安易な頭と、生まれついての健忘症《けんぼうしょう》と気の弱さ、そして幼い頃からちやほやされ、いいように操られ続けてきたことで心の中に巣くってしまった誇大妄想《こだいもうそう》さえなかったら、ピクロックル王国も、ここまで貧《ひん》することはなかったでしょうし、国力がアリとゾウほども違う楽園王国に戦争を仕掛けることもなかったのでしょうが、しかし強さに憧《あこが》れる国とはたいがいそういうものです。

戦争だって同じこと。戦争が恐ろしいのは、いったん始まってしまえば理屈も道理も吹っ飛ぶことです。簡単には収まらず、どんどん泥沼にはまって行くのが戦争というもの。それはこのピクロックル王国が起こした、どうしようもない戦争であっても同じこと。しかも、城の中で気勢を上げているうちはまだしも、いったん戦闘が始まってしまえば、実際に血が流れて人が死にます。誰だって殺されたくはないので、手に持つ武器で、殺されるより先に相手を殺そうとします。そして仲間が殺されれば、敵はもはや憎しみの対象でしかなくなります。三人殺されれば五人を殺そうとし、十人殺されれば百人を殺そうとします。こうして戦争は、恐怖と背中合わせの憎しみのぶつかり合いになってしまいます。しかも、実際の戦場ではなく、戦争を館《やかた》のなかで指揮する者にとって重要なのは、勝つことのみ。味方が百人死のうが千人死のうが、勝たなければ負けるだけなので、とにかく勝つまで戦い続けようとします。そうしなければ自分の身だって危ないからです。ちゃんと頭を使って考えれば、戦争なんて本当は、いいことなんか一つもありません。

始まってしまえば何も分からなくなってしまうのが戦争。
威勢《いせい》のいいことばかりを喚《わめ》きたてる
頭が空っぽの連中が
後先考えずに始めるのが戦争。

そんなわけで、急に気宇壮大《きうそうだい》になったピクロックルも、まるで自分が世界の救世主にでもなったかのような気分になり、また美しい勝利の女神たちが、自分のことを応援してくれているような気分にもなって、号令一下《ごうれいいっか》、兵士たちを出陣させた。

G. BRUX.

第十三話　ガルガンチュアの帰還

ピクロックル軍が地獄城を出て進軍を開始した頃、グラングジェ王の悲痛な手紙を読んだガルガンチュアは、すぐに出発しました。

愛馬のドスンコユラリや
側近のボンクラートと共に
急行したガルガンチュアは
恐るべき速さで地獄城の
すぐ近くにまで来ました。

しかし、パリでいろいろと学んできたガルガンチュアではありましたけれども、もともと戦争とは縁のない楽園王国の王子。喧嘩《けんか》などもしたことのないガルガンチュアは、いざ敵軍を間近にして、何をどうしていいか分からなくなりました。

だいいち恐くて仕方がない。だって戦争って、本当に人が死んだりするんだよね、とボンクラートに聞けば、当然でございますガルガンチュアさま、と言う。

寒さのせいか、それともオシッコを我慢して駆《か》け続けてきたせいか、たぶん恐くて体が震えてきたせいだろうけれども、なんだかちびってしまいそう。しかしパリでの遊学の甲斐《かい》あって、すっかり物知りになっていたガルガンチュアは、腹が減っては戦ができぬ、と何かの本に書いてあったのをしっかり思いだし、まずは腹ごしらえをと、従者やドスンコユラリと共に、お腹が一杯になるまで食べました。するとそこに、武装した兵士の一団がやって来た。

思わず逃げ出しそうになりましたが、よく見ればそれは、馴《な》れない鎧兜《よろいかぶと》を身に付けた楽園王国の民たち。久しぶりに懐かしい顔を見てガルガンチュアはホッとしました。武装した兵士たちは、平和交渉に行ったナンジャモンジャーナ卿の部隊で、平和交渉を無視するかのように城門から進軍してきたピクロックル軍を見て、衝突を避けるためにやむなく退却してきていたのだった。ナンジャモンジャーナ卿は、ガルガンチュアの姿を見て大喜びしました。パリでお勉強に励んで、すっかりお利口になったガルガンチュアさまであれば、きっと解決や反撃の糸口を考えてくれるにちがいないと思ったからですが、なかでもナンジャモンジャーナ卿の護衛係であるナンデモデキルーナ臨時部隊長は、楽園王国の民にしては珍しく血の気が多く、敵軍と全くやりあうことなく退却してきた不満もあって、ガルガンチュアにすがるようにしてこう言いました。

「お願いでございますガルガンチュアさま、王子さまのご命令であれば、私はどんなことでもいたします。一騎で敵軍に突入しろと言われれば喜んでそういたします」

ほらこうやって、馬の上で逆立ちをして向かって行けば敵は巨大な角を生やした神馬か悪魔の使者がやってきたと思い怖《お》じ気《け》づいて退却するにちがいありません。

さんざん勉強してきたガルガンチュアでも、そんな作戦は聞いた事が無かった。というより、それがはたして作戦といえるものだろうかと、さすがに思いました。

しかし、ナンデモデキルーナの真剣な表情を見れば、自分がいま、戦争の真っただ中にいる国の王子であることを、そして父上や家臣たちが、国の誰よりもたくさんの知恵を華の都で身に付けたはずの自分に、大きな期待をかけていることをひしひしと感じずにはいられなかった。

仕方なく、ガルガンチュアは鎧兜を身に付け、まずは戦争で受けた被害や、相手の軍隊のようすを見るために地獄城に向かった。そして、とりあえずナンデモデキルーナだけを連れて偵察に向かったガルガンチュアが見たものは、自分の想像を遥かに超えた厳しい現実でした。

そこには、ピクロックル軍の先陣が荒らし回った爪痕《つめあと》がいたるところに残っていました。楽園王国の罪もない民の無残な姿を目にしてガルガンチュアは考え込んでしまいました。

こうして現に民が殺されたからには、もちろん、この暴挙を見過ごすわけにはいきません。かといって民に武器を持たせて戦わせれば、もっと犠牲《ぎせい》者が出る。そう考えれば、父上がやろうとしたことは正しかったように思えます。

王宮の倉庫に眠っているたくさんの金貨や、焼けばいくらでもつくれるフーガスで、これ以上犠牲者がでるのを防げるなら、それがいちばん良い方法かもしれない。

でも、ナンジャモンジャーナ卿が言うには、ピクロックルは、父上が相手の要求の十倍もの和解金を支払うと言ったのに、ますます欲が出て、平和交渉をつっぱねて進軍を開始したらしい。
それが、もっと和解金を取るためのこけおどしの作戦なのか、それとも、単に戦いたいだけなのかなんて、自分がピクロックルでない以上、わかるはずがありません。
自分が読んだ本では、歴史書だって騎士物語だって、読み進んで行けばいつも、そのつど一つの結果が書かれていましたけれども、これからのことというのは、まだ起きていないことばっかりなので、本当にどうなるかなんて誰にも何にもわかりません。

ああ目の前で起きていることに
立ち向かうというのは
なんて難しいことなんだろう。

こうしてガルガンチュアは厳しい現実を前にして、生まれて初めて、自分の判断が楽園王国と民の運命を左右してしまうという、いきなり背負わなければならなくなってしまった責任のあまりの重さに呆然として坐り込んだまま、ただただじっと考え込んでおりました。ただ、そうこうするうちに、次第にピクロックル軍が近づいてきます。

そこに、偵察に行ったまま帰ってこないガルガンチュアを心配し、こうなってしまったからには戦うしかないと、意を決意したナンジャモンジャーナ卿が、にわかづくりの楽園王国軍を率いて現れました。両軍は、それでもまだ考えがまとまらずに思案を続けるガルガンチュアを挟んで睨み合い、そして、血気にはやるナンデモデキルーナ臨時部隊長が、敵の真っただ中に突入したのを合図に、いきなり戦闘が開始された。

ガルガンチュアはうろうろするばかり。
敵も味方もそれにはかまわず激突し
人が人を殺す戦争というものが
本当にガルガンチュアの目の前で始まってしまった。

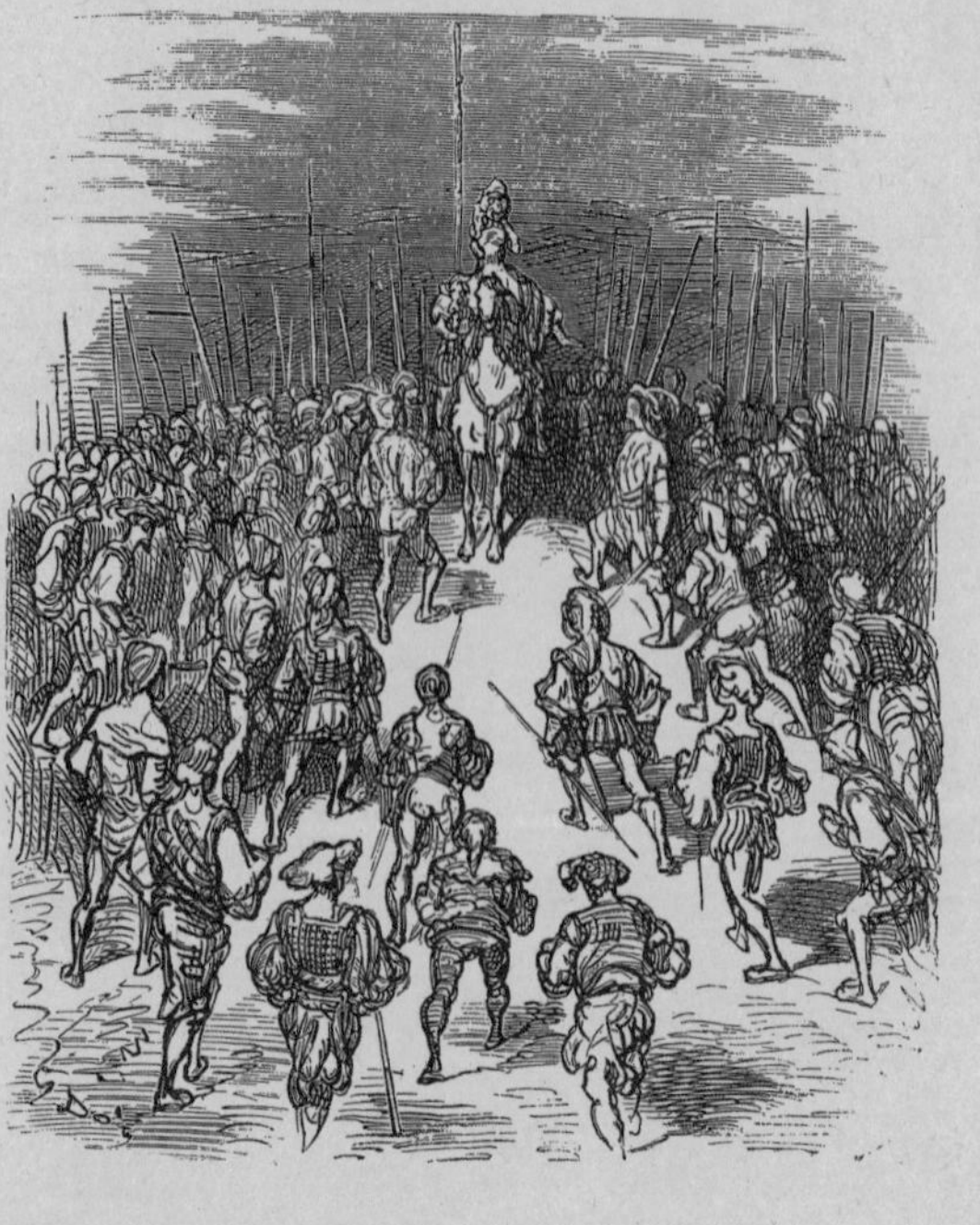

しかし、餓えに耐えて訓練を続けてきたピクロックル軍の完全武装した正規軍を相手に、これまで平和を謳歌《おうか》してきた、にわか仕立ての、ろくな武器さえ持ってはいない楽園王国軍がまともに戦えるはずがありません。

楽園王国軍は、瞬く間に蹴散らされ、手当たり次第に殺されました。もちろん、敵軍の攻撃のあまりの凄まじさと、自分たちのあまりの弱さに、慌てて逃げ出す者もおりましたが、しかし、それでも戦おうとした者の多くが殺され、戦場は、楽園王国の民の死体で埋め尽くされました。

それを見たガルガンチュアの体のなかから激しい怒りと悲しみが湧《わ》き上がり、一瞬のうちに巨大な体を埋め尽くし、一気に外へと溢れ出しました。ガルガンチュアは思わず大声をあげ、ドスンコユラリに跨《またが》ると、敵に向かって突進した。

怒りと悲しみが爆発したガルガンチュアの巨大な雷のような叫び声があたりに響き渡り、大地を震わせ天を揺るがし、それに混じってドスンコユラリの爆弾のような蹄《ひづめ》の轟音《ごうおん》が降り注ぐと、まるで最後の審判が神の怒りと共に下り遂にこの世の終わりが来たかのよう。ピクロックル軍は慌てふためいて城の中に逃げ込みました。

それを見たガルガンチュアは
赤鬼も青鬼も風神《ふうじん》も雷神《らいじん》もすくみ上がる形相《ぎょうそう》であたりを見渡し
目にとまった巨木を根っこごとエイッとばかりに引き抜くと
手刀《てがたな》で枝という枝をバッサバッサと切り落として
巨大な棍棒《こんぼう》をつくると
地獄城をぶっ壊し始めました。

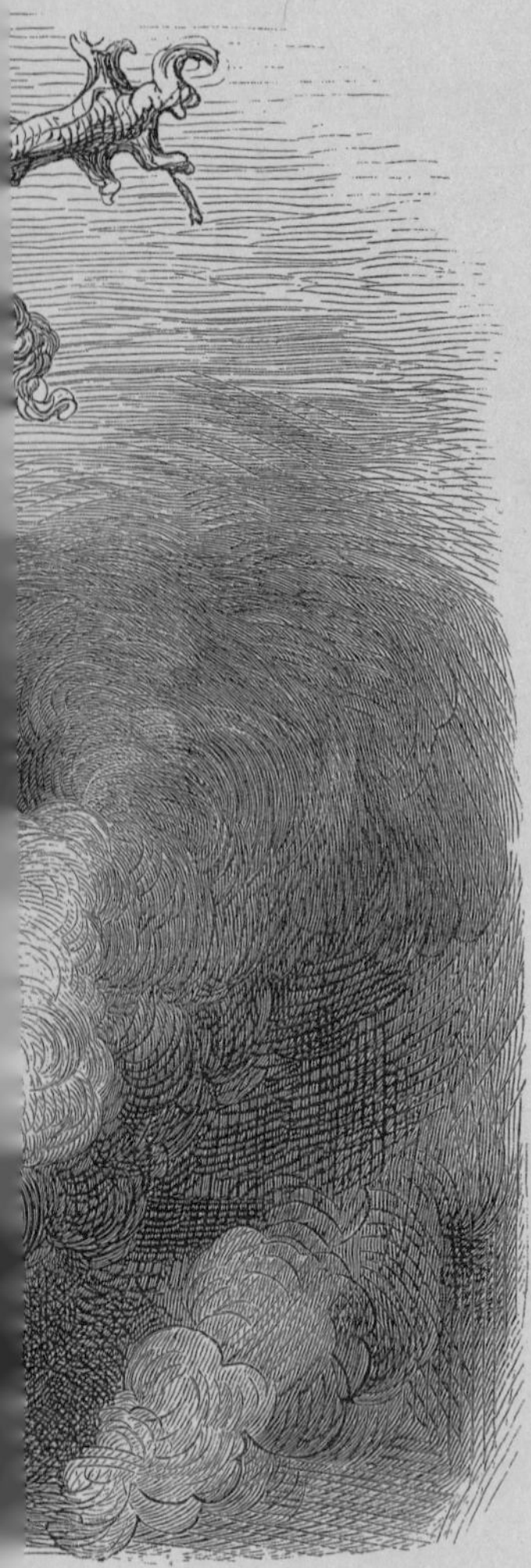

その勢いの凄《すさ》まじいこと凄まじいこと。ピクロックル軍が必死に城の中から大砲を雨あられとガルガンチュアに浴びせかけても、ガルガンチュアはまったく動じません。

ドンドンガンガン城は壊され、このまま城の中に立て籠《こも》っていたのでは、石の下敷きになるか、棍棒でぺったんこにされるだけだと思ったピクロックル軍は、覚悟を決め、槍を持ってガルガンチュアに総攻撃をかけましたが、そんなものは、足に硬い脚半《きゃはん》を巻いたガルガンチュアにとっては、痛くもなんともありません。アリに噛まれたほどにも感じていない証拠には、足に刺さった無数の槍を払いのけることさえしません。

こんなものがあるからいけないんだとばかりに
ガルガンチュアは
ますますガンガン城を壊した。

もちろん、ガルガンチュアが槍を払ったり大木の棍棒を振り回して兵士たちを追い払えば、たちまち敵軍は壊滅したにちがいありません。ですから、ガルガンチュアが城つぶしに専念してくれたのはピクロックル軍にとっては幸いでした。とにもかくにも、こうして地獄城は跡形もなくなり、ピクロックル軍は、ほうほうの体で自国に逃げ帰りました。

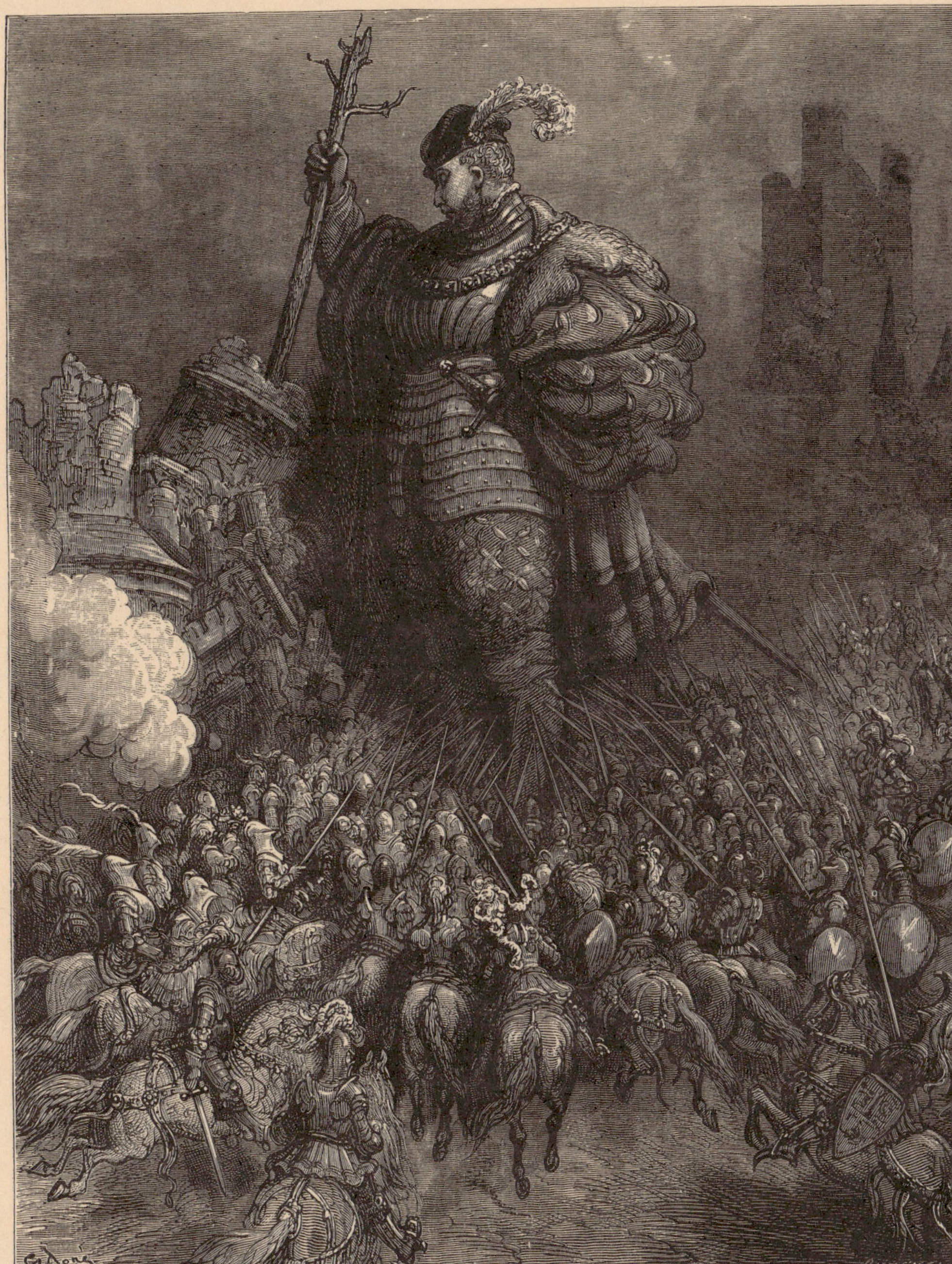
G. Doré
QUESNEL

こうしてガルガンチュアの鬼神《きじん》のような大活躍で、楽園王国軍はあっさりと勝利を収めました。ガルガンチュアの破壊力のすごさは、楽園王国の民たちでさえ、見ているだけでも恐ろしく、誰も彼もがすくみ上がってしまったほどでしたが、当のガルガンチュアには、敵を相手に戦ったという自覚はまったくありませんでした。

可愛い民の無残な姿を見た途端、頭に血が上って何も分からなくなり、思わず近くに生えていた大木を手にして、気が付いたら城を壊していたというだけですが、それでも電光石火の早業で敵を敗退させたのは事実。

楽園王国の民は、王子さまが信じられないほど強くて勇敢な勇者になって帰ってきてくれたことに大喜びしましたが、なかでも先代の王の時代から王宮に仕え、ガルガンチュアを生まれた頃から知るナンジャモンジャーナ卿の喜びはひとしおでした。しばらく見ないあいだにこんなに逞《たくま》しくなられてと、ナンジャモンジャーナ卿は人目もはばからず、歓喜の涙を大量に流して喜びました。

この勝利を一刻も早くグラングジェ王のもとに知らせねばと、楽園王国の部隊は、兜の外からでも得意満面の笑顔であることが分かるほど意気揚々と馬に乗るナンデモデキルーナを先頭に帰路についた。ガルガンチュアも、王子としての責任を、とりあえず結果として果たせたことにはホッとしました。

しかし帰路、累々《るいるい》と大地に横たわる民の姿を見て
とても喜ぶ気にはなれなかった。
そこには楽園王国の民に混じって
ピクロックル王国の兵士たちの姿もたくさんありました。

興奮していたので分からなかったけれども、実はガルガンチュアは、地獄城を叩き潰《つぶ》しただけではなくて、愛馬ドスンコユラリを駆って地獄城に向かった時、知らないうちに多くの敵を、知らないうちに殺していました。ドスンコユラリの蹄の犠牲になった敵兵もいるにはいましたが、それより、森の木々さえなぎ倒す大量破壊兵器のような尻尾の犠牲になった兵士が大勢いました。一気に城に向かった時、ドスンコユラリも興奮してチェーンソーのような尻尾をグルグル振り回して突進し、それで多くの兵士が死んだのでした。

帰り道でそれに気付いたガルガンチュアは、たとえ意図的ではなかったにせよ、多くの命を、野の枯れ草を刈り取るようにして奪ってしまったことに心が痛みました。戦争というのは、なんと恐ろしいものだろうとあらためて思い、沈痛な気持で王宮に向かいました。

しかし王宮では、自分たちを酷《ひど》い目にあわせたピクロックル軍を、たった一人で打ち破った英雄を盛大な歓喜とともに出迎えました。恐くて王宮の奥に閉じこもっていたグラングジェ王も、門の前まで出てきて息子を抱きしめました。

戦場に向かった我が子を心配していたガルガメル妃は、ガルガンチュアの無事な姿を見た途端、思わずその場に泣き崩れたため、運が悪ければ民の何人かが押しつぶされるところでした。まったく戦争というものは、どこでどんな犠牲者が出るか見当もつきません。

ともあれ王宮では、救国の英雄ガルガンチュア王子の凱旋を祝して、盛大な祝勝会が行われることになりました。それは、長い留学から王子が戻ってきたお祝いも兼ねられたので、祝宴はガルガンチュアが生まれた時以来の、

いや、それよりもっともっと盛大な規模で催されることになりました。
ところで、祝宴を前にグラングジェ王が、立派な若者となったガルガンチュアをあらためて誇らしげに見つめると、なぜか息子の頭にたくさんのゴミかシラミか胡麻塩《ごましお》のようなものが見えます。

「どうしたんだ息子よ、いきなり戦場に出た心痛で若白髪ができたのか？それともパリで風呂にも入らずに勉強して頭をシラミの巣にしてしまったのか？」

ガルガンチュアが髪の毛を払うと
ばらばらばらばらと
変なものが次から次へと落ちてきます。
見ればそれは
ピクロックル軍が撃った無数の大砲の玉でした。

グラングジェは、戦場での息子の苦労に胸が締めつけられました。思わず息子を抱きしめると、さめざめと泣き、そして大きな声で、もっとたくさんの料理をと叫びました。

第十四話　巡礼者たちの災難

さて、こうして楽園王国では、ガルガンチュア王子が見事にピクロックル軍を追い返してくれたことを祝う、国をあげての大宴会がとり行われましたが、しかし実は、この戦争とはまったく無縁な立場にありながら、そのとばっちりを食ってさんざんな目にあった人たちもおりました。それは、楽園王国から遠い遠いところにある小人《こびと》たちの国、プティプティン王国から、はるばる楽園王国に巡礼の旅にやってきていた巡礼者たちの一団。いやはや戦争というのは、思いもよらないところで、直接はまったく関係のない人々にまで災いをもたらすものです。実は、平和で豊かな楽園王国の噂は、遠いところにある国々にまで知れ渡っていて、楽園王国とはどんな国なんだろう、一度は行って見たいものだと思っている人たちが、いろんなところにたくさんおりました。

とりわけ小人《こびと》の国であるプティプティン王国の人たちは、自分たちの体が小さいこともあって、大巨人が国を治める楽園王国に強い興味を持っておりました。というより、民の体も国も小さいプティプティン王国の人たちは、どうやら建国以来戦争もなく、だれもが笑顔で豊かな暮しを送っているという、遥か彼方にある楽園王国のことを、伝説の理想郷のように思っておりました。

そんなプティプティン王国の人たちのなかから、実際にこの目で楽園王国を見

てみよう、大巨人の名君を拝んでこよう、という人たちが現れて、小さい体を大きな勇気で一杯にして、楽園王国への巡礼の旅に出たのでした。

　巡礼者たちは川の水を飲み、道端の草や木の実を食べ、三年と三ヶ月もかかって、ようやく楽園王国に辿《たど》り着きました。

　それはちょうど、パリから戻ってきたガルガンチュアが、まさしくピクロックル軍の偵察に出かけていた時でした。

　巡礼者たちは、突然現れた、山のような伝説の大巨人を目にして、感動とともに空を見上げました。

その時
まったくもって運の悪いことに
恐怖のせいで我慢できなくなった
ガルガンチュアが
巡礼者たちには気づかずに
オシッコをしたのでした。

ガルガンチュアに悪意があったわけではありませんが、巡礼者たちにとっては突然の大災害。天罰を受けるようなことは何ひとつしていないのに、大きな滝のような小水《しょうすい》が天から降り注ぎ、逃げるだけで精一杯。必死に逃れて高台へと走った巡礼者たちが、もうこれで大丈夫と思った時、目の前にあったのが巨大なレタスの森。もちろんそれはプティプティン王国の巡礼者たちにとって巨大であっただけで、ごくごく普通の大きさのレタスでしたが。ともかく巡礼者たちは、まるで悪夢のような出来事のショックから立ち直るために、しばらくそこに身を潜《ひそ》めることにしました。

幸いレタスは柔らかく、それをかじれば餓えもしのげる。ここでしばらくゆっくりしてから王宮を訪問しよう、と巡礼者たちが話し合っていると、重ねて運の悪いことに、いきなり大きな手、といっても楽園王国の普通の大きさの農夫の手が空から降ってきました。

巡礼者たちは
レタスごと摘《つ》んで持ち上げられ
カゴに入れられてしまった。

それは楽園王国の戦勝と、王子の帰還を祝う晩餐会のために摘まれたレタスでしたが、そんなことが、巡礼者たちに分かるはずもありません。

事情も何も分からないまま
プティプティン王国の巡礼者たちは
かわいそうに、そのまま王宮に運ばれ
巨大なサラダの中にレタスと一緒に入れられてしまいました。

家臣たちが食べるサラダに入れられたのなら、いくら巡礼者たちが小さくても、それがサラダについていた虫ではなく人間だということが分かり、珍しいものが大好きなグラングジェ王から大歓待を受けたはずなのですが、重ね重ね運の悪いことには、そのサラダはガルガンチュアのためのものでした。
食べる早さと量では父親のグラングジェ王もかなわないほどの食欲の持ち主のガルガンチュアは、サラダが運ばれてくると、何も気づかず、あっというまにそれを平らげてしまいました。次から次にガルガンチュアの口の中に放り込まれた巡礼者たちは、なんとかガルガンチュアの巨大な石臼《いしうす》のような歯に噛み砕かれまいと、それぞれ前歯の後ろに必死にしがみつきました。ごっくんと、ガルガンチュアがサラダを飲み込んでもなお諦《あきら》めず、ここが我慢のしどころとばかりに頑張った。
そうこうしているうちに、とうとう中の一人が力尽き、あわれ咽《のど》の奥に吸い込まれそうになったその時、必死に伸ばした手がガルガンチュアの、いわゆるノドチンコに触れ、そこに懸命にぶら下がったものだから、ガルガンチュアは堪らず大きなくしゃみをしました。

G. Doré

突風のようなくしゃみとともに、巡礼者たちは一気に外に吹き飛ばされました。あるものは床に、あるものはテーブルの上に、またあるものは運ばれてくる料理のお皿の上に落ちましたが、体が軽いおかげで幸いけがをしたものはおらず、全員、なんとかチャンスを見計らって外に出ました。

外に出るやいなや、巡礼者たちは唾液《だえき》とドレッシングまみれの体を洗おうと、目の前にあった水たまりに飛び込みました。それにしても、誰一人としてガルガンチュアの食欲の犠牲にならずにすんだのは、まさに奇跡か、巡礼者ならではの神の御加護。

ああ大きすぎる者には
小さすぎる者の気持なんて分からないんだ。
気持どころか
そもそも見えてさえいないんだもの。

「大きいというのはどんなに素晴らしいことなんだろう、と思っていた僕たちが馬鹿だったんだよ」
「僕らは、楽園王国の豊かさにあやかろうと思って巡礼の旅に出たんだったね」
「でも、あんなにたくさん食べるんじゃ、どんなに畑を耕したって間にあわないぞ」
「早く帰ろう、小さな体には小さな国が一番」

命拾《いのちびろ》いをした巡礼者たちが、そんなことをぼやきながら帰国の途についた頃、そんな不運があったことなど知るよしもない楽園王国の王宮では、盛大な晩餐会がえんえんと繰り広げられておりました。

第十五話　ガルガンチュアと修道士ジャン

さて祝勝会では、ガルガンチュアは脇目《わきめ》もふらずに食べ続けましたが、まわりの家臣たちが会話の中で、しょっちゅう、修道士ジャン、という名前を口にしているのが耳に入りました。聞けばガルガンチュアと同じように、窮地《きゅうち》に陥った楽園王国を、たった一人で救ってくれた修道士だとのこと。

ガルガンチュアは家臣に命じて
修道士ジャンを呼び寄せましたが
話せば話すほどに興味深い人物。

修道士ジャンは、見た目にはそれほど体が大きいわけでもなく、顔つきも穏やかなので、とてもそんな戦士には見えませんが、どうやら勇者というのは、大概《たいがい》そういうものらしい。ガルガンチュアが、自分は体が大きくても、敵と向かい合ったりすれば恐くて、オシッコをちび

りそうになってしまうのに、恐くはないのかと聞くと、ジャンは、どうせ一度は捨てた身、自分のことではちっとも恐くはありません。恐いのは、なにかの拍子に相手の命を奪ってしまうことです、と答えたので、ガルガンチュアは、ますます修道士ジャンが好きになりました。

もはや親友であり師でもあると思える修道士ジャンにも思う存分食べてもらいたいと、ガルガンチュアはジャンのためにあらたに牛の丸焼きを準備させ、それにはとっておきの香草と、王宮秘伝のタレをジャンジャンかけてこんがり焼かせました。

美味しそうなにおいが王宮に立ちこめ、家臣たちは大喜びしましたが、ふと見ると、ジャンの表情が、それほど嬉しそうではありません。不思議に思ったガルガンチュアが、どうしたのだと言うと、ジャンは、もう十分いただきました。ただ、私は、戦《いくさ》に勝ってお祝いをするという気には、どうしてもなれないのです、と答えました。

「どうしてだ、戦に勝ったということは、戦に負けなかったということで、それは民が、苦しまなくてすむということではないか」

「もちろんそうでございます。私も昔、さかんに騎馬試合で名だたる勇者に挑戦し、それに勝つことが嬉しく、勝つことを誇りと思い、もっと強い相手を探し求めたこともありました。ただ、そんな闘いの中で、過って親友をなくした時、人と人とが戦い合うことの空しさ、勝つことの愚かさを知りました。勝負というものは、勝った者の影には必ず負けた者がいて、勝った者は勝ち誇りますけれども、負けた者は悔しい思いをいたします。それが試合であれば、勝った相手を称《たた》えることもありましょう。けれど戦争ともなれば、それでは済みません。彼らがあんなに必死に楽園王国の民の食料や家畜を奪ったのは、彼らが餓《う》えていたことの証《あかし》のように私には見えます。私は略奪を見るに見かねて、そしていまや神に仕える私の居場所である教会を荒らされたことで、ついかっとなって暴れてしまいました」

「そんなに悩むではないジャン。お前がそうしていなければ、もっとひどいことになっていたぞ。僕が来る前に、みんな殺されていたかもしれないぞ」

「もっともでございますガルガンチュアさま。しかし、もっともなことと理不尽なこととは紙の裏表です。私は昔、試合で勝つたびに讃えられ、ご褒美までもらいました。それを当然のことと思ってもおりました。勝ったのだからあたりまえではないかと……

しかし、負けた方から見ればどうでしょう。負けた方は違う景色を見て、違うことを思います。

私は修道士になって初めて
自分があたり前のように食べているものは
みんな誰かが土地を耕し種を植え水をやり
一所懸命につくってくれたものだ
ということに気付きました。

それがなければ、勝つことはもとより、人は生きていくことさえできないのです……」

それを聞いてガルガンチュアはドキッとしました。ジャンが毎日食べるより、自分が食べるものの量は、比べものにならないくらい多いからです。

「ピクロックル国の民たちは、そうとう餓えているのではないかと思うのです。彼らから見れば、楽園王国の民たちは、歌って踊ってたらふく食べて、自分たちの境遇の惨《みじ》めさから見れば、とんでもない生活をしているように見えたかもしれません」

そのとき、向こうの方から、だからどうした、と言う声がしました。楽園王国の大蔵大臣の、アレモコレモジャーナでした。

「ジャン、お前の言う事は、平穏な時の修道士の言葉としては良いかも知れないが、このような緊急事態に国が陥った時に言う言葉ではないぞ。そんなことでは、楽園王国の富は狼藉者《ろうぜきもの》どもになにもかも奪われてしまうことなる。そうなったら餓えるのは今度は私たちだ。それよりなにより、すでに多くの民が殺されたのだぞ、伝説のジャンともあろうものが、なにを青二才のようなことを言っておるのだ」

それもそうだ、ああ、どう考えればいいんだろうとガルガンチュアは思いました。そこへ今度は、ジャンの修道士仲間たちがやって来て、口をそろえてこう言いました。

「みなさん、そんなことで言い争っている場合ではありません。ジャンの活躍で、ピクロックル軍はいったん退却はしましたけれど、でもジャンの言うように、彼らはよほど苦しい暮しを強いられてきたのではないかと私たちも思います。私たちの修道院からも、たくさんの物を奪って行きましたけれども、一羽のニワトリさ

え必死で追いかける彼らの目は、あれはまさしく餓えた者の目でした。分捕った物が底をついたなら、彼らはきっとまた、豊かな私たちの国を襲って来るに違いありません。神にお仕えするために質素な生活を自らに強いている私たちには良く分かります。

餓えに耐えることの苦しさと
死にそうなほどお腹を空かせた時に食べた御馳走《ごちそう》の美味しさの前では
どんな理性も色あせてしまいます。
それが人間というものです。

欲望に駆られて、彼らがもっと凶暴になることだって考えられます。しかし、それを責めたところで、何も始まらないし何も終わらないのではないでしょうか。問題は、同じ空の下の地続きの国でありながら、どうして彼らがあんなにも餓えているのかということです」

そのとき、国境でピクロックル軍の動きを見張っていた斥候《せっこう》が王宮に駆け込んで来ました。

「ガルガンチュア大変です、ピクロックル軍がまた戦いの準備をしています」

どうやら、逃げたピクロックル軍の兵士たちは、修道士ジャンがいなくなり、楽園王国の民たちが国境を越えて攻め込んでくることもしないと分かると、再び寄り集まって隊をつくり、国境の側で野営を始めたらしい。そして火を燃やして、奪った家畜を丸焼きにして食べ始めたとたん、たちまち元気になり、明日は屈辱《くつじょく》戦だ、あの坊主と怪物を除けば、あとはみんな弱虫だ、などと気勢を上げているとのこと。

それを聞いたガルガンチュアは、
修道士たちの言った通りだ、
また戦争か、嫌だなあと思いました。

せっかく美味しいものを食べ、ワインも飲んで気持ちよくなっていたところに、いろいろと難しい話をされて頭の中が混乱し、おまけにまた戦争かと思うと、もう何も考えられなくなり、なんだか無性に眠くなってしまいました。

これでは敵が攻めてきたところで、木を引き抜くことだってで

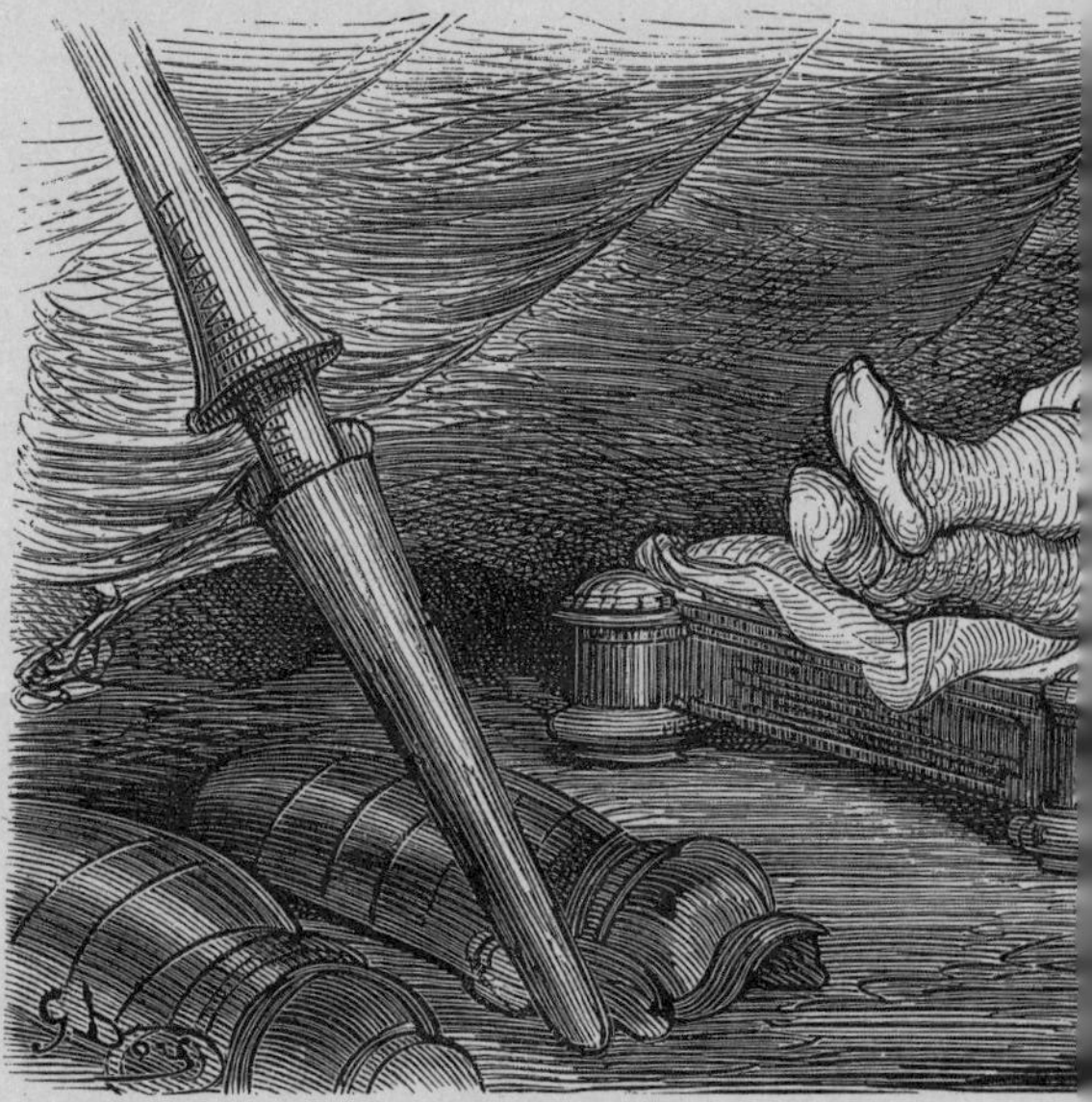

きやしない。困ったなあ、と思った途端、眠ってしまっては戦はできぬ、という格言が頭に浮かびました。
あまりの素晴らしさに一瞬目が覚めましたが、あんなに一所懸命に考えてもちっとも格言が浮かばなかったのに、どうして眠くなって、頭がぼおーっとなった時に、いい格言を思いつくんだろうと思い、修道士ジャンにそう言うと、ジャンはにっこり笑ってこう言いました。
「御前試合《ごぜんじあい》でも、勝とうと思えば思うほど勝ちが遠ざかるのと同じで、いいことを考えようと思えば思うほど、いい考えというのは、なぜか頭にやって来てくれないものなのです」

何だかよく分からないなあとは思いましたが、とにかく明日のために今日は寝ることにして、ガルガンチュアはベッドに入り、寝ようとしましたが、妙に目が冴《さ》えてきて眠れません。

ジャン、何かお話を聞かせてよ。
なんだか眠れなくなっちゃった。
明日、ピクロックル軍と
向かい合った時に寝ちゃったら
大変だからさ。

そう言われた修道士ジャンは、ガルガンチュアの枕元で本を読み聞かせ始めました。それは聖書の、捕えられ、処刑されることを知るイエス・キリストが、オリーブの丘で神と語り合う夜の場面で、丘から下りるのを待つ間、眠らずに待っているようにと言われた三人の弟子が、すぐに眠ってしまう話でした。

話を聞きながら、イエスの弟子たちと同じように、ガルガンチュアもあっという間に寝てしまいましたが、読み聞かせていたジャンのほうも、疲れがでたのかガルガンチュアのかたわらで、いつのまにかぐっすり眠ってしまいました。

聖書を読みながらジャンは、イエスさまは、丘を下りれば自分がとらえられて殺されることを知っていたのに、どうして逃げなかったのだろう。でもイエスさまだって、わざわざ丘に登って神さまに、どうしてもやり遂《と》げなければいけないのでしょうか、と尋《たず》ねたくらいだから、きっと寂しかったのだ、迷ったりもしたのだと思いました。

意識がしだいに朦朧《もうろう》とし始め、それが現実なのか、それとも夢の中なのかという境さえ分からなくなり、眠りに落ちたジャンの夢の中では二人のジャンが言い争っていました。

一人は修道士の服を着て、もう一人は鎧兜に身を固めて剣を持った騎士の姿をしていた。やがて一人のジャンがバッタバッタと敵を倒し、そしてもう一人のジャンが、倒れた敵を、一人ひとり助け起こしていた。大勢の人が倒れ、そして大勢の人が蘇《よみがえ》って笑顔を見せ、そんな笑顔から、突然涙が溢れだすと、何故か兵士の顔が、若い母親の顔になった。いつのまにか戦場がお花畑に変わり、そして誰もいなくなった。

夢の中でも苦悶《くもん》する修道士ジャンの傍《かたわら》で、ガルガンチュアもまた夢を見ていました。

夢の中でガルガンチュアは、ドスンコユラリにまたがる勇壮《ゆうそう》な騎士の姿をしていました。

自ら長く鋭い槍を持ち、付き従う者たちも、楽園王国の民とは思えないほどの、凛々《りり》しい武者ぶりでした。

いつの間に僕は歴戦《れきせん》の勇者になったのだろうと、夢の中でガルガンチュアは思いました。

行く手には高くそびえ立つ城があった。ガルガンチュアたちは隊列を組んで城に向かっていた。そうか、あの城を攻めるのだなと夢の中で思った。でも、いつのまに僕は戦《いくさ》を覚えたのだろう。

なんとなく胸が高まり
気力が漲《みなぎ》っているのが分かる。
たしか戦争なんて

大嫌いだったはずなのに
いつのまに
そうでなくなったのだろう。

恐かったはずなのに、勇ましい気持がするのはどうしてだろう。何度も戦争をして、何度も勝って、それでいつのまにか戦争が好きになったのだろうか。でも、どこと戦ったのだろう？

そんなことを夢の中で考えながらも隊列は進み、一行はいつのまにか城門の前にいました。
ガルガンチュア見参、と何故か夢の中の自分が叫んだ。たちまち城門が開き、中から美しいおねえさんたちが現れると、私たちとの楽しい食事会にようこそ、とガルガンチュアを見て微笑《ほほえ》んだ。

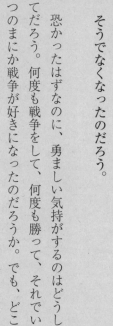

「起きて下さい、起きて下さい、ガルガンチュアさま、もう朝です」

夢だった。残念なことに、美しいおねえさんたちも、まだ食べていない御馳走も、なにもかも消えてしまった。

「早くご準備を。ピクロックル軍が攻め込んでくるまでに、彼らに、地獄城を叩き潰したガルガンチュアさまの立派なお姿を見せて、こちらにも戦う用意があるぞ。無敵のガルガンチュアさまが相手だぞ、無敵のジャンも一緒だぞ、ということを見せつけなければなりません。さあ早く！」

言われるままにガルガンチュアは
用意してあった鎧兜を着け
武装した騎馬隊とともに王宮を出た。
何だか夢と同じことになってきたぞ、とガルガンチュアは思いました。

側で寝ていたジャンも一緒について来ましたが、いくら言ってもジャンは、決して鎧兜を着けようとせず、武器も持たない。錫杖《しゃくじょう》さえもたず、今度は素手で戦うと言い張りました。

しかしそれでも馬にだけはまたがって、修道士姿で、ピクロックル軍が集結しているという国境に向かいましたが、しかしどういうことか、ジャンともあろう者が、途中で大きなカシの樹の枝に頭巾《ずきん》を引っかけて宙吊りになってしまいました。

そのあまりの不格好さに誰もが腹を抱えて笑いましたが、ジャンは頭の中が真っ白になりました。それは恥ずかしかったからということもありましたけれども、修道士であるジャンにしてみれば、自分が旧約聖書のなかのアブロサムと同じ状態になってしまっていることに気付いて愕然《がくぜん》としたのでした。

アブロサムは、イスラエル建国の王であるダビデの息子でありながら、父に謀反《むほん》を起こして王を名乗り、国を割る戦争を起こした人ですが、最後には決戦に負け、敗走《はいそう》する途中で、同じようにカシの木の枝に引っ掛かり、そこにぶら下がったまま刺し殺された人です。

なぜか自分が今、それと同じ目にあっている。あまりの不吉さにジャンは、これははたして何のお告げだろうかと、思わざるを得ませんでした。

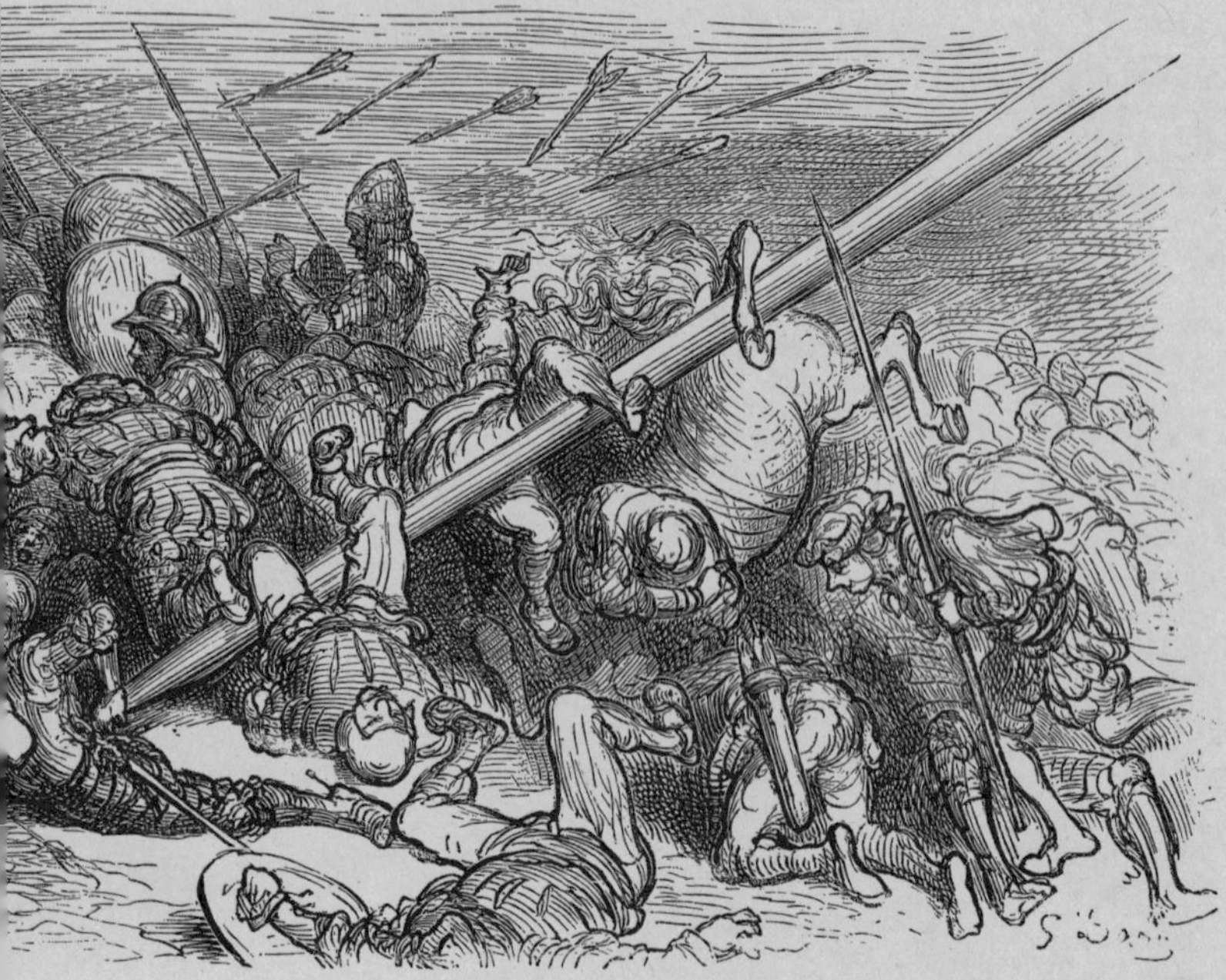

第十六話　ガルガンチュアと戦争

こうしてガルガンチュアはとうとう、楽園王国の期待を背負って、戦うために前線に出かけることになりました。お供《とも》をしたのは、いまや泣く子も黙る存在となった修道士ジャンを筆頭に、楽園王国の家臣としては珍しく血気盛んなナンデモデキルーナと彼が集めた精鋭部隊。なかにはガルガンチュアの教育係のボンクラートの姿もありました。

戦争など本当はしたくはなかったガルガンチュアですが、それでも言われるままに鎧《よろい》を着けてこうして出かけてきてしまったのにはわけがありました。

自分が大木を振り回して退散させたり、修道士ジャンがさんざん錫杖で痛い目にあわせたにもかかわらず、どうやらピクロックル軍がまだ戦おうとしている以上、大砲を撃たれようが弓矢を射られようが何ともない自分が楯となって民を護らなければならない、とボンクラートに言われ、自分でもなんとなく、王子というのは、そんなものだろうなあと思った

からにほかなりません。
　それでも、自分や修道士ジャンの姿を見てピクロックル軍が、何もしないで退却してくれたらいいなあと思っておりましたが、しかし気性の荒いドスンコユラリは、どうやら大暴れできそうだと思ってすっかり入れ込んでおりますし、ナンデモデキルーナも意気盛ん。
　自分だって、傍から見ればまるで巨大な戦車のような馬に跨がって巨大な槍を持っています。そうこうしているうちに、一行は国境に到着してしまいました。

　すでに始まってしまった戦争というのは恐いものです。ガルガンチュアがとりあえず平和交渉をと思う間もなくナンデモデキルーナが敵の陣地に突撃しいきなり激しい戦闘が始まってしまいました。

そうなってしまってはもうどうしようもありません。戦争では、ようするに殺すか殺されるかということだけがすべてを支配します。敵も味方も入り乱れ、味方が殺されればなにくそと、今度は必死で相手を殺しにかかる。いつのまにやら敵も味方も入り乱れての大混戦。だからといってガルガンチュアが、巨大な槍を振り回したりしようものなら、敵と味方の区別もなく、たちまち大勢がなぎ倒されるのは必至《ひっし》。

どうしていいか分からなくなったガルガンチュアは、無意識のうちに、雷鳴のような声で叫んでおりました。

「さっさと逃げないと、僕とドスンコユラリが、お前たちを踏みつぶしちゃうぞお！」

この大音声にピクロックル軍は度肝《どぎも》を抜かれ、あっという間に退却して逃げ去り、遠くから恐る恐るこちらを伺うようす。

「今ですガルガンチュアさま、突撃しましょう」

血気にはやるナンデモデキルーナがこう叫び、隊を率いて追撃しようとしました。ところがガルガンチュアは、それには耳をかさずにこう言いました。

「やめようよ。自分の国に帰った者を追いかけるなんて僕にはできないよ。このまま攻めてこなければ、それは自然に戦争が終わるということだし、攻めてきたら、そのたんびに僕が大声を出すから、今日はもうこれで戦争はやめにして引き揚《あ》げようよ。前の戦闘で死んだ者たちがいるんだから、早く帰って彼らを弔《とむら》わなくち

や。それに怪我《けが》をした者たちの手当もしなくちゃいけないしね。だから、もう引き揚げようよ。そうだ。僕は民の顔をみんな知っているわけじゃないから、死んでしまった人たちはとりあえず、敵も味方もみんな連れて帰ることにしよう。あとで調べて、ピクロックルの民だったら、ちゃんと返してあげることにしようよ」

こうして楽園王国の部隊は、あっさりと戦場をあとにして王宮に戻りました。王宮ではグラングジェ王が、王宮の一番奥の部屋のベッドのなかで、シーツを被って震えておりましたが、ガルガンチュアの部隊が、またもや敵軍を追い払ったという知らせを聞いて大喜び。真っ青だった顔色も、あっという間にピンク色になりました。

グラングジェ王は勇者たちを寝室にまで招き入れると
一人ひとりをねぎらい
さぞかしお腹も空いているだろうから
とびきり美味しい御馳走を
食べ切れないくらい用意せよと命じました。

それからグラングジェ王はガルガンチュアを見つめ、見事使命を果たして無事に帰ってきた息子を、涙を浮かべて抱きしめると、感極《かんきわ》まってこう言いました。

「おお、こんな意気地なしのパパから生まれたとは思えぬ偉大な息子よ。お前のことを息子と呼ぶのは、もうこれっきりにしよう。パリで勉強をして賢《かしこ》くなってきたうえに、いきなり戦争を仕掛けてきたピクロックル軍を二度までも退却させたお前は、もはや息子ではなく、楽園王国の守護神じゃ。お前のことを、これから私はグラングラン・ガルガンチュアと呼ぶぞ。偉大な偉大なガルガンチュアという意味じゃ。みなの者も分かったな。さあ、みんな思う存分、歌って飲んで食べてくれ。そして、国を救った誇りと共に、思う存分寝てくれ。

ところでグラングラン・ガルガンチュア、グラングラン・ジャンはどこにおる。彼もさ

ぞかし奮闘したであろう。武器も持たずに戦場に行って、怪我でもしなかったか心配じゃ。そして重ね重ねの大活躍、心から礼を言わねばならぬ」

そういわれて
ガルガンチュアは
ジャンがいないことに
気付きました。

「どこにいるのだジャン？」

「そういえば修道士ジャンさまは、たった一人で敵の真っただ中に突撃されました」

「敵が退却してからも、それを追って、どんどん向こうに行ってしまわれました」

「何ということだ。それじゃあジャン一人を敵の中に置いてきてしまったのか？」

「どうやらそのようでございます、ジャンさまのことですからご無事とは思いますが」

確かに修道士ジャンは、戦いが始まってすぐに敵陣深くまで攻め入り、そしてガルガンチュアたちが引き揚げてしまったのも気付かずに戦い続けていました。国境を越えて自国に戻ったピクロックル軍が、さらに退却したのは、実は修道士ジャンが一人で敵を追い散らしていたからであり、そしてジャンは、なおも暴れまくっていました。

修道士ジャンは、始めは確かに素手でしたし、決して相手を殺すようなことはすまいと、固く決意していたようでしたが、しかしいざ戦闘が始まり、斧を持って戦に加わっていた楽園王国の農夫が敵軍に殺られたのを見た途端に、血相が変わりました。

一瞬のうちに体中の血が頭に上り
それが沸騰して煮えくり返り
修道士ジャンは
殺された農夫の死体の側にあった
斧《おの》を手に取ると
すべてを忘れ、斧を振りかざして

まるで鬼か悪魔のように
暴れまくったのだった。

もともと持っていた闘争本能が、一気に解き放たれたにちがいありません。修道士ジャンでさえこうなのですから、戦場でまともな精神状態を保てる人間などいるはずがありません。というより、気が狂わなければ、もともと戦争なんて起こせません。いざ始まってしまえば、みんな頭がおかしくなって、良い悪いが逆さまになってしまうのが戦争。

普段は、人を殴ったりするのはいけないことで、ましてや人を殺すなど言語道断《ごんごどうだん》。ようするに戦争は、言葉で分かり合う道を断ってしまうだけではなくて、まるで当たり前のように、腕が切り落とされ、首がはねられ胴が断たれ、大砲で何もかもが木端《こっぱ》微塵《みじん》に吹き飛ばされます。おまけに勝った方は勢いづいて興奮し、我を忘れて相手を殺す。

修道士ジャンも、その悪循環の罠の中に、いつのまにかすっかりはまってしまっておりました。修道士ジャンの天性の勝負感覚は研ぎ澄まされて、雨あられと降り注ぐ無数の矢を斧で受け止め、あるいは振り払い、さらには突き出された槍をものともせずに断ち割りながら、素早く前進して敵のさなかに突進する。

敵の陣形は総崩れとなって、我を先にと逃げ惑う。それを追って、さらに敵陣の奥深くへと斧を振り回して攻め入る修道士ジャン。

ところが、逃げ惑うピクロックル軍のなかに、ただ一人、ジャンに立ち向かおうとした男がおりました。男の名は、ピクロックル軍の精鋭部隊の部隊長コロコロックル。このまま逃げては男の恥と思ったコロコロックルは、逃げる仲間の流れに逆らい、一人で剣を握りしめ、修道士ジャンに近づきました。

さて、こうして修道士ジャンが、味方が全員引き揚げてしまったことにも気付かず、敵軍のまっただなかで大暴れしていた頃、楽園王国の王宮に、一人の老婆が、国王のグラングジェに面会を求めてやってきました。彼女の名前はコラコラーナ。彼女が何歳なのかを知る人はいませんが、相当の老齢《ろうれい》で、楽園王国のことなら何でも知っておりました。普段はほとんどしゃべらないけれども、特に気難しいというわけでもなく、困った時などに相談を持ちかければ、一言二言、実に的確なヒントを与えてくれるので、誰からも愛され信頼されておりました。

そんなわけで、彼女には歴代の国王も頭が上がらなかったのですが、そんな彼女が突然、グラングジェに伝えておかなければならないことがある、と言って王宮に現れたのですからビックリです。慌てて彼女を出迎えに出てきたグラングジェとガルガンチュアに向かって老婆が言いました。

一体全体、男どもは何をとち狂っておるのじゃ。

戦争など決してせぬというのが楽園王国の誇りではなかったか。

「グラングジェ、おぬしが戦わなかったのはいいとしても、王宮の奥で震えていただけとは、なんと情けない。王であれ誰であれ、人というものは、毎日まいにち闘い続けなければならぬ。闘いとは、明日が今日よりもいい日であるよう努めることじゃ。己《おのれ》の明日が、友の明日が、隣人の明日が、民の明日がそうあるよう、努力と精進《しょうじん》と熱意を重ね、知恵と喜びを求めて生きることじゃ。美しくあることを、そしてより美しくあることを願い、それにすべてを捧《ささ》げることじゃ。それが王として生きるということじゃ。

竪琴弾《たてことひ》きは、美しい曲を奏でてこそ竪琴弾きじゃ。美味しいものを食べて笑顔を浮かべる子どもの顔を見て、明日もまたと思ってこそ母親じゃ。すべての民が、自らの喜びを知って活き活きと生き、日々を生きる喜びを養うことに全力を挙げ、そうして、戦争などという愚かさから無縁の国になるために闘わずして何が王か。なのにお前は、王宮の奥に隠れ、民が武器を持って戦争に向かうのを、止めもしなかったというではないか。

ガルガンチュアよ。お前もお前じゃ。お前のような巨人が暴れれば、お前の気持がどうであれ、多くの人が死ぬのは当たり前じゃ。そんなつもりじゃなかったなどとは言わせぬ。それがお前の愚かさじゃ、未熟さじゃ。いや、幼い赤児は、そんなことは、しようと思ってもできぬだけ、お前より、ずっとずっとずっとましじゃ。戦場のどこに健《すこ》やかな笑顔や喜びがある。人として懸命に生きようとする人の今を、そして明日を抹殺するのは、人でなしのやることじゃ。戦争は、人としての誇りを投げ捨てるものじゃ」

「グラングジェ。ガルガンチュア。わしはすでに国中の女たちに、子どもたちを連れて身を隠すように伝えた。男どもが戦争にとち狂っているあいだは、決して姿を現すでないと命じた。女が消えれば、人の暮しの明日も消える。それでも愚かの極みの戦争を続けるつもりか。攻められたら攻め返すつもりか。言葉を話す人の命を、互いに分かり合える命を、美しい歌を歌える命を、履きやすい靴をつくれる命を、美味しいパンをつくれる命を殺し、さらに殺し合うつもりか。

わしら女たちは、そんなことの片棒など
何があろうと担ぎたくはない。
だからわしらは姿を隠す。
そうなればお前たちは、
女たちの優しい笑顔がみられなくなる。
朗《ほが》らかな声も聞けなくなる。

そうしたくてするのではない。男と女があっての人の暮らし。その片方の姿が見られないのは女たちだって寂しい。寂しいけれども、それが女たちが今できる、精一杯の闘いじゃ。わしはすでに、ピクロックル王国の女たちにも使いを出し

てこのことを伝えた。遠からず、かの国の女たちも、そろって姿を消すじゃろう。
聞けばどうやら修道士ジャンが、敵を殺しまくっておるらしい。気が狂ってしまったとしか思えぬ。長い間修道院で大人しくしていたジャンでさえ狂ってしまうのが戦争じゃ。もしこのまま戦争が続き、目の前で愛するものが殺されたりするのを見れば、女たちだって、同じように気が狂わないとは限らない。子どもが殺されればなおさらじゃ。それだけは何があっても見たくはない。見せたくはない。だからわしらは姿を隠す」

こう言うとコラコラーナは、グラングジェとガルガンチュアにクルリと背を向け、それ以上、何も言わずに振り向きもせずに去って行きました。
その姿を見送りながら、王と王子が呆然としていると、入れ代わるようにして、修道士ジャンが王宮に入ってきました。ジャンは一人の男を従えておりましたが、それはピクロックル軍の部隊長、コロコロロックルでした。

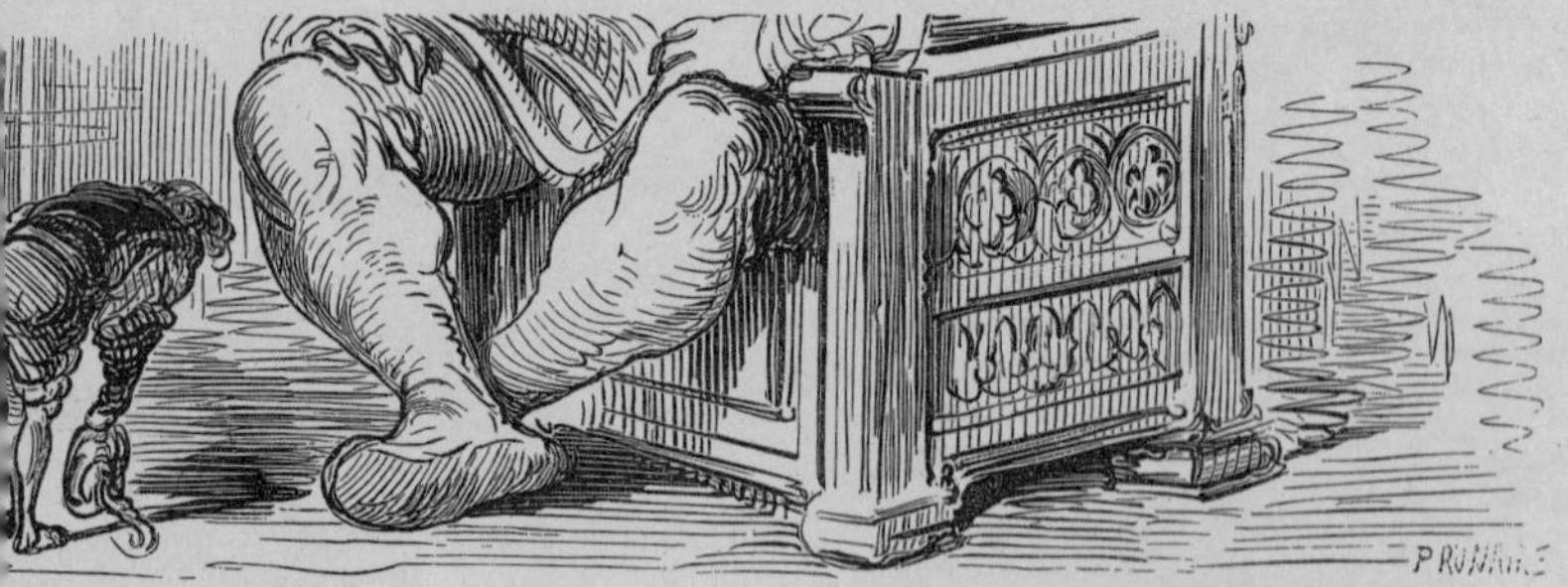

第十七話　コロコロロックルの話と、その後の戦争

ところでどうして
ピクロックル王国の精鋭部隊長が
修道士ジャンと一緒に
楽園王国の王宮に
やって来たのかということについて
お話をいたしましょう。

大暴れするジャンに恐れをなして逃げ惑う味方の軍の流れに逆らって、単身、修道士ジャンに近づいて行ったコロコロロックルは、斧を振り回すジャンの近くで、腰をかがめてしばらくようすを窺《うかが》い、とうとうジャンの周りに味方が一人もいなくなり、ジャンがほっと一息ついたその隙《すき》に剣で切りかかりました。

しかし、コロコロロックルの渾身の一太刀《ひとたち》は、ジャンにあっさり受け止められ、それでもコロコロロックルが、返す剣で胴を払うと、ジャンはそれもしっかり斧で受けとめ、少し驚いたようにコロコロロックルの顔を正面から見据えました。

どうやら少しは腕が立つ相手だと見抜いた修道士ジャンは、何となく嬉しそうな表情を浮かべると、素早く相手の剣を払い、斧を大上段に構えると、コロコロロック

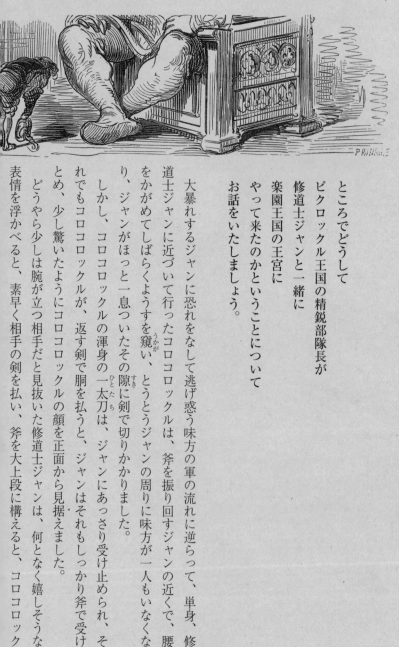

ルの兜《かぶと》めがけて振り降ろし、そうしてやりあううちにジャンは、ふと、昔の騎士の試合を思いだした。そしてその瞬間に正気に戻った。見れば自分の周りに無数の死体が横たわっていました。

みんなピクロックル軍の兵士たちでした。だとしたら、ほかに誰もいない以上、それは自分が殺したのだ。そう思った時、ジャンの目から涙が溢れそうになりました。けれど泣いてはならぬとも思いました。自分には、彼らのことで泣く資格などない。もう誰も殺したくない。今さらながらそう思い、ピクロックル軍の兵士に向かって言いました。

「殺し合いはもう止めよう。貴殿はおそらく、ピクロックル軍の勇者であろう。私はこの場で斧を置く。もともと武器を持たずに出てきたにもかかわらず、いつのまにか、木を切る道具を武器に変えて、多くの命を奪ってしまった。なんならここで貴殿の剣にかかって死んでもよい。仲間の命を奪った私が憎ければ、その剣で私を殺すがよい。しかし、その前にお願いがある。私が死んだところでこの戦が終わるとも思えぬ。できれば私と一緒に、楽園王国に来て欲しい」

「楽園王国に来て、私たちの王や王子や愉快な仲間たちに会って欲しい。そして一緒に食事をし、私たちの仲間たちの暮しを見てもらいたい。そうすれば、私たちが憎むべき敵ではないことが分かるだろう。同じように食べ、同じように話し歌う、同じ人間だということが分かるだろう。そこで、君たちがどうして攻めてきたのかを私たちに話して欲しい。そうすれば解ることもあるだろう。私たちにできることだってあるにちがいない。この戦争をお終《しま》いにする算段《さんだん》を、知恵を、共に見つけようではないか」

そう語り掛けられたコロコロックルは、話を聞くうちに、いつのまにか剣を収め、姿勢を正して、修道士ジャンの言葉を聞いていた。それも一つの考えかもしれないと思いました。そうしてコロコロックルは、ジャンと共に、楽園王国に行くことを決意しました。

あり余る富を蓄えた強欲な国、大巨人が奴隷のように民を働かせる非道の国、周りの国の民のことなど考えず、美味しいものをたらふく食べて、歌い踊って遊び呆《ほう》ける享楽《きょうらく》の国と教えられてきた国を、この目で見てみようと思ったのだった。

楽園王国の王宮に入り、グラングジェ王とガルガンチュア王子の前に連れて来られた時、コロコロックルは聞いていた話とは、どうやら違うとすぐに思いました。

会うとすぐ、王は心配そうにコロコロックルをみつめ、いきなり、腹は空いていないかと尋ねた。そして返事も待たずにこう言いました。

すぐに温かいスープを用意せよ。

話はそれからじゃ。
このお方を暖かい暖炉《だんろ》の側にお連れせよ。

暖炉のそばでグラングジェが、戦争を起こした理由を尋《たず》ねると、コロコロロックルはこんなことを言いました。

「私たちの国の民は、いまや餓《が》死《し》寸前でございます。もともと蓄えがないうえに今年は飢饉で、いっそう食べ物がありません。しかし噂によれば、楽園王国には、あり余るほどの食料が蓄えられているにもかかわらず、私たちに分け与えるというような考えは毛頭なく、大巨人の王や家臣たちがたらふく食べ、食べ切れないものは、私たちが一生口にできないようなご馳走であっても、平気で家畜の餌にしているとのことでした。

ところがある日、私たちの国の牧童が、たまには気晴らしでもしようと、思い切ってなけなしの小麦粉でフーガスをつくってピクニックに出かけたところ、それを目ざとく見付けたあなたの国の民が、国境の垣根を越えてやって来て、フーガスをみんな奪って行ったのです。そんなことに、誇り高き我が国の王も民も、我慢ができるはずがありません。人としてあるまじきその非道が許せず、それを正すために、戦争をすることにしたのです。

結果は悲惨なものでした。極悪《ごくあく》非道《ひどう》の国から何を奪ったところで罪にはならない、それは神に代わって我らが下す制裁だと王に言われた兵士たちは、急襲《きゅうしゅう》攻撃をかけた緒戦では圧勝し、食料や家畜を奪って飢えを癒し、これが天罰だ思い知れと、大喜びいたしました。しかしそれも戦《いくさ》の最初だけでした。

まるで死神のような王子が
戦争に加わってからというもの
私たちはまるで虫けらのように
踏みにじられ翻弄《ほんろう》され
蹂躙《じゅうりん》され続けました。

噂では、楽園王国では戦に勝つたびに、王宮で大晩餐会を催《もよお》し、兵士たちは毎日、酒池肉林《しゅちにくりん》の大騒

ぎを繰り広げているとのこと。
それを聞いた私たちは、悔しいやら羨ましいやらで、頭が変になりそうでした。本当に狂って、狼《ろう》藉《ぜき》し放題した者も、なかにはいると聞いてもおります。しかし多くの民は、それでも我慢に我慢を重ねました。いつかきっと正義は勝つと。そして、強欲《ごうよく》な楽園王国を懲《こ》らしめたならば、そこに蓄えられている富で、世界の民に平和をもたらすのじゃ、というピクロックル王の言葉に励まされて、私たちは必死に、神さまが死神に天誅《てんちゅう》を下してくれると信じて戦いました。ところが、そんな私たちの一縷《いちる》の望みも、ここにおられる巨大な死神さまと、それより恐ろしい巨大馬によって打ち砕かれました。あの馬の尻尾の恐ろしいこと恐ろしいこと。何十人、何百人もの民が、あっという間に体を真っ二つにされました。それに加えて、この修道士の姿をした悪魔さまです。以前は棒で殴るだけだったのに、今度は斧で暴れまくり、たった一人で、まるで枯れ草でも刈るように、私たちの民をなぎ倒すのです。神は一体どこにおられるのかと、そう思わずにはいられませんでした」

話を聞いたものたちはみな、ただただ呆然としました。こちらと向こうとでは、こうも話が違うものかとも思いましたが、ガルガンチュアや修道士ジャンが、隣国の民をそういう目に合わせたのは、少なくともそういう思いをさせたのは事実。勝って祝宴を開いたのも事実。ガルガンチュアと修道士ジャンの顔は真っ青になりました。しばしの沈黙の後、コロコロロックルを見つめていたグラングジェが口を開きました。

「それは申し訳ないことをした。わしは戦争のはじまりがフーガスだと聞いて、すぐに、ピクロックル王国は食べ物がないんだと思った。たくさんのフーガスを渡せば、戦争が終わるだろうと思った。そこでナンジャモンジャーナにフーガスを持たせて停戦を申し出た。何でも好きなものが買えるよう、たくさんの金貨も送った。たしかに祝宴はしたが、なにも君たちに見せつけようと思ってしたわけではない」

「グラングジェ王、そういうことではございません。仲間たちはそのことで、ますます怒りました。少なくとも私はたいそうプライドを傷つけられました。仲間が殺され、仲間が侮辱されたというのに、それで怒っているというのに、食べ物やお金をやるからいいだろう。それで機嫌を直せと言うのは、あまりにも傲慢《ごうまん》です。金で解決しようというのなら、もっともっとたくさんのお金を積んで誠意を見せろと、重臣たちは騒いでおりました。もっともだと私も思いました。人間としての誇りはなにものにも代えられないからです。まずは無礼を詫びるのが筋ではないかと思いました」

「そうだったのか。無礼《ぶれい》があったのなら、わしはいくらでも詫《わ》びるぞ。ピクロックル王国が小さな国だからといって馬鹿にするなんて考えたこともないぞ。そうだ。国と国との間に垣根があったりするから戦争がおきるんだ。あんな垣根なんて、わしはすぐにでも取っ払うぞ。そうすれば、どこが楽園王国で、どこがピクロックル王国かもわからなくなる。国なんてなくったっていい。境をなくして、たがいに行き来して、ピクロックルの民も、わしらの国にたくさんある食べ物を食べに来ればいいじゃないか。ただ、わしにはどうにもわからないことが一つある」

どうしてピクロックル王国はそんなに貧しいのじゃ。
楽園王国は豊かでみんなニコニコしているのに
地続きのピクロックル王国がどうして貧しいのじゃ。

そう言われてコロコロックルは言葉に詰まりました。たしかに、どうしてだろうと、自分でも思ったからです。訓練に明け暮れて畑を耕さなかったからか？　それとも採れたものを王さまにみんな収めなければいけなかったからか？　それにしても、このグラングジェという王は、偉そうなところが微塵《みじん》もない。強欲《ごうよく》というわけでも横暴でもなさそうだ。

王子や修道士が異常に強いのに、巨大な暴れ馬だっているのに、このノホホンとした顔の王の心には、戦争をしようなどという考えは、心底ないように見える。だとしたら、彼らを敵視するのは無駄なことかもしれない、ほかに方法があるかもしれない。

コロコロロックルがそんなことを考えていると、隣室《りんしつ》に食事の用意ができ、そこには、コロコロロックルが見たこともないご馳走が山のように並べられていました。しかしコロコロロックルは、飢えた仲間をおいて自分だけが食べる気には、どうしてもなれなかった。

一刻も早く国に帰り、このことを仲間に話し、謁見《えっけん》を願って王にも話し、すぐにでもこの戦争を終わらせなければならないと思い、そうしてコロコロロックルは、たがいの平和を取り戻すために帰路につきました。国に向かいながらコロコロロックルは、もしかしたら変なのは、自分たちの国なのかもしれない、と思い始めておりました。

しかし、国に戻ったコロコロロックルに対して、重臣たちは疑いの目を向けました。敵方に寝返って、敵の工作員になったにちがいない。しかも王国で最も腕の立つコロコロロックルであれば、王に謁見させたりすれば、王を暗殺しようとするかもしれない。こうしてコロコロロックルは剣を取り上げられ、好戦派の幹部たちの厳しい尋問を受けることになりました。コロコロロックルは必死で、楽園王国には侵略の意志など微塵《みじん》もなく、むしろ我らの窮状《きゅうじょう》に救いの手を差し伸べようとしている、だからすぐに停戦をすべきだと訴えました。しかし、コロコロロックルが一所懸命説得すればするほど、幹部たちはさらに彼を疑うのでした。

「どうせ美味いものでも食べさせられてすっかり敵の子分に成下ったのだろう」

「縛られもせず、修道士に大人しくついて行ったことが、そもそも怪しい」

「停戦を取り付けたらご褒美でもやるぞと言われて寝返ったにちがいない」

ありとあらゆる非難と侮蔑《ぶべつ》の言葉がコロコロックルに浴びせかけられました。これまで勇者といわれてきたコロコロロックルにとっては、それは何より辛いことでした。しかし何を言われても、ピクロックル国の民を救うためなら、どんなことにも耐えようと、あらかじめ覚悟をしてこの場に臨んだコロコロックルは、王と王国を牛耳《ぎゅうじ》る好戦派の幹部たちの雑《ぞう》言《ごん》を必死で耐えました。しかし一人の幹部に、お前は小金で主を売り渡したユダより卑劣だ、と侮辱された時、とうとう我慢できず、思わず飛びかかり、気が付けば、相手の首を絞めていました。そして、それを待っていたかのように、なかの二人が剣で、両側からコロコロロックルを刺したのです。

これが裏切り者の最後だ。
遠のいていく意識のなかで
コロコロロックルはそんな言葉を聞いた。

こうしてピクロックル王国の狂気をいさめる者はいなくなり、現実を無視した好戦派の勇ましい言葉だけが、ますます飛び交うようになりました。

実際に前線に出た下級の兵士たちの中には、自分たちの非力を思い知る者もおりましたが、それを言えば、血気《けっき》にはやる者たちに罵倒《ばとう》され、司令官の怒りをかって処罰されるのが関の山。それならいっそのこと、また小さな村を襲って食料を奪ってこようと思うものもいました。

しかし、勇ましい掛け声をかけるだけのハラグロックル将軍やドンヨックル総隊長を筆頭とする、おつむのいかれた好戦派の中には、そんなとまどいすらなく、すっかり洗脳され、おだてあげられたピクロックル王も、今度こそ楽園王国軍を蹴散《けち》らして領土と財宝を奪い、そこを足場に世界制覇をするのだと息巻いていました。

やがて、そんな王から、総力を挙げた雪辱戦《せつじょくせん》で敵を完膚無《かんぷな》きまでに粉砕せよ。世界の平和と、それを成就《じょうじゅ》したあかつきの、安らかな昼寝を勝ち取る日のために前進せよ、という命令が下った。

もっと欲しがろう勝つまでは。
戦い続けよう、ゆっくり昼寝をするまでは。
お決まりの掛け声が前の方から聞こえるたびに
続く兵士たちは、恐怖を振り払うために

なかばやけっぱちになって、その掛け声に
あらん限りの大声をあげて唱和《しょうわ》した。

ピクロックル軍が進軍を開始したという知らせを受けた楽園王国では、もう一度国境に、一応、ガルガンチュアを隊長とする楽園防衛隊を配備することにしました。国境に着いたガルガンチュアは、グラングジェ王やコロコロロックルや、自分たちを諫《いさ》めた長老のコラコラーナの言葉などを思いだしながら、どうすれば戦わずに済むだろうかと考えました。

防衛戦を張らなければ、当然、ピクロックル軍は楽園王国の内部にまで進軍してきます。そうすれば、また略奪を行い人を殺す。それを民たちが黙って見ているはずがない。そうなるとさらに人が死ぬ。どうすればいいのだろう。

ここまできたらもう、こうするしかないと、心と体が本当に思うことしかできない。でないと、あとで後悔することになる。後悔先に立たずと言うけれども、後でも先でも後悔するようなことをするわけにはいかない。だって民の命がかかっている。ああ、どうすればいいのだろう。

幸い夜になり始めていたので、ガルガンチュアは、ひとまず防衛隊を休ませることにしました。そして、遠くの方から次第に近づいてくるピクロックル軍から自分の姿がよく見えるよう、背伸びをして立って、その大きな姿を見せつけることにしました。

こんなに大きいんだぞ。武器だって持っているんだぞ。ドスンコユラリだっているんだぞ。僕が怒ったら恐いぞ、と感じさせたら、もしかしたら進軍を諦めるかもしれない。

薄暗がりの中にそびえ立つ自分の姿は
きっと巨大な怪物に見えるだろう。

しかし、ピクロックル軍は進軍を止めなかった。

馬鹿だなあ。どうして僕の考えをわかってくれないんだろう、と思っている間にも、ピクロックル軍はどんどん近づき、それを見て、防衛隊の仲間も武器を手にし始めます。先制攻撃をかけて相手を威嚇《いかく》しようと言う者もおりました。

このままではまた、やるかやられるかの殺し合いになる。そう思ったガルガンチュアは、もう一度背伸びをして向こうの方を見ました。すると、なぜかピクロックル軍の進軍が止まりました。自分の作戦が上手くいったのか？　そう思ってガルガンチュアは嬉しくなりましたが、そのうち敵陣から煙が上り始めました。どうやら、こちらが野営《やえい》を始めたと見て、相手もそうすることにしたのだった。

それでもガルガンチュアは、まさかの急襲に備えて、珍しいことに、ご飯も食べずに夜通し立って見張りをしました。そのまま夜は更け、双方の陣営は眠りにつきましたが、しかし、ガルガンチュアがどんなに心配しても、どんなに闇の中で考えても、眠い目をこすりながら立ち尽くして威嚇《いかく》しても、それでも月は夜空を渡り、とうとう夜が明けて朝になってしまいました。

夜明けと共に、ピクロックル軍が、また進軍を開始し、ガルガンチュアの耳に、進軍する彼らの掛け声も聞こえ始めました。とうとうまた戦争になってしまう。そう思ったガルガンチュアは、思わず身を潜め、大きな声で防衛隊に命令していました。

「連中がやってきたら、僕がこの大きな槍を水平に動かして、この槍の先には進めないようにする。それでもそれを突破してまだ進んで来る者がいたら、今度はお前たちも、できるだけ長い槍を持って相手を進ませないようにするんだ」

いいね、本気で突いたりしちゃいけないよ。
相手に刺さっちゃうからね。
あくまでも、槍で邪魔をして進めなくするんだよ。
わかったね。

ISOTAIN

しかし、そんなガルガンチュアの言葉も空しく、ピクロックル軍は、揺れ動く大小の槍をかいくぐり、必死の形相で突入してきました。そうなってしまえば防衛軍も自分の身を護らなければならず、これまた必死で防戦しました。

理由があろうとなかろうと
正義のためであろうと悪魔のためであろうと
始まってしまえば戦争は戦争。
そこで繰り広げられるのは
殺すか殺されるかの悲惨な修羅場《しゅらば》。

ガルガンチュアは必死で仲間たちを制止し続けましたが、その間にも、瞬く間に死傷者が出ます。慌てたガルガンチュアが、大声をあげて退却と叫び、やむなく決戦が始まってしまった時に味方を避難させるためにつくっておいた砦《とりで》に立て籠《こも》るように命じました。

しかし血気に逸《はや》るピクロックル軍は、いっこうに攻撃の手をゆるめようとしません。進め進めと、髪を振り乱し剣を振り回して叫ぶピクロックル王の姿も見えます。

このままでは、土塁《どるい》で囲んだだけの砦の中に攻め込まれてしまう。そうなればもっと悲惨なことになる。そう思ったガルガンチュアは砦を出て、単身、ピクロックル軍の前に、身を挺して立ちはだかりました。こうなったらもう、僕はどうなってもいい、とにかく敵の進軍を防ぐんだ。

こうしてガルガンチュアは、恐怖を振り切り、もう死んでもいいと思って、ピクロックル軍の前に体をさらしました。

ピクロックル軍は、そんなガルガンチュア目がけて矢を放ち、槍をかざして突進し、一斉に剣で切りかかりましたが、しかし、完全武装をした大きなガルガンチュアの体は、まるで巨大な鋼鉄の防壁か戦車のようでびくともしません。

意を決し、目をつぶって敵の中に飛びこんだガルガンチュアではありましたが、矢が当たろうが槍で突かれようが、痛くもかゆくもない。どんなに頑張って振り下ろしても、小さな剣が分厚い鋼《はがね》の鎧に刃が立つわけもない。しばらくしてそのことに気付いたガルガンチュアは、すっかり嬉しくなって、厚い鎧兜は剣よりも強し、などという新格言を思いつく余裕さえ生まれました。自分の鎧に、槍や剣が当たる音がチンチャラチンチャラと、まるで祭囃子《まつりばやし》のように鳴りました。

調子に乗ったガルガンチュアは
お囃子《はやし》に合わせて演奏でもするかのように
手に持つ巨大な剣で、ピクロックル軍の兵士の頭を
一人ずつ軽く、コツンコツンとたたき始めました。

もちろん力を入れてたたけば相手がぺしゃんこになってしまうので、ほんの少し、まるで楽器のトライアングルかビブラフォーンを奏でるように、軽く兜頭をやさしく撫でるようにして叩きましたが、それでもまた叩かれた方は、大巨人の巨大な剣でやられたというショックで、次から次に気絶しました。

これはいい作戦だと思ったガルガンチュアは、しばらくそうしてピクロックル軍の兵士たちをどんどん眠らせ続けましたが、そのうち、重い剣を持って手加減をして小さな頭を叩き続けたので、すっかり疲れてしまいました。

いちいち狙いを定めて
豆粒のような頭を叩くのが
だんだん面倒になってきたガルガンチュアは
何とかもっと早く戦闘を終わらすいい方法はないかと考えました。

なにせ相手は気絶しているだけなので、目が覚めてまたかかってきたりしたら、どんなに眠らせてもきりがない。そうこうするうちにガルガンチュアに名案が浮かびました。人間というのは、なんとなく余裕ができると、何故か良い考えが浮かぶものです。

名案は休むとでてくる、などという新しい格言も思いつき、さっそくガルガンチュアは、その作戦を実行に移すことにしました。それは、突かれようが切られようがなんともない巨大な体を有効に活かした作戦で、腰を屈め、手を大きく広げたガルガンチュアが、ピクロックル軍をまとめて抱え込むようにし、ひとまとめにした彼らを、そのまま丸ごと押して行って、堅牢な建物の中に閉じこめてしまうというものでした。

そんな大巨人ならではの大作戦で、ガルガンチュアはピクロックル軍をあっという間にお城の中に閉じこめ、入り口を閉ざして出られないようにしてしまった。いったんそうしておいてから、今度は彼らが見えるところに、ご馳走を用意してこう言いました。

「降参《こうさん》したら、出てきてこれを食べてもいいよ。
なんならそのまま、ここで自由に暮らしてもいいよ。
でも降参しないなら、ずっとずっとそのままだよ」

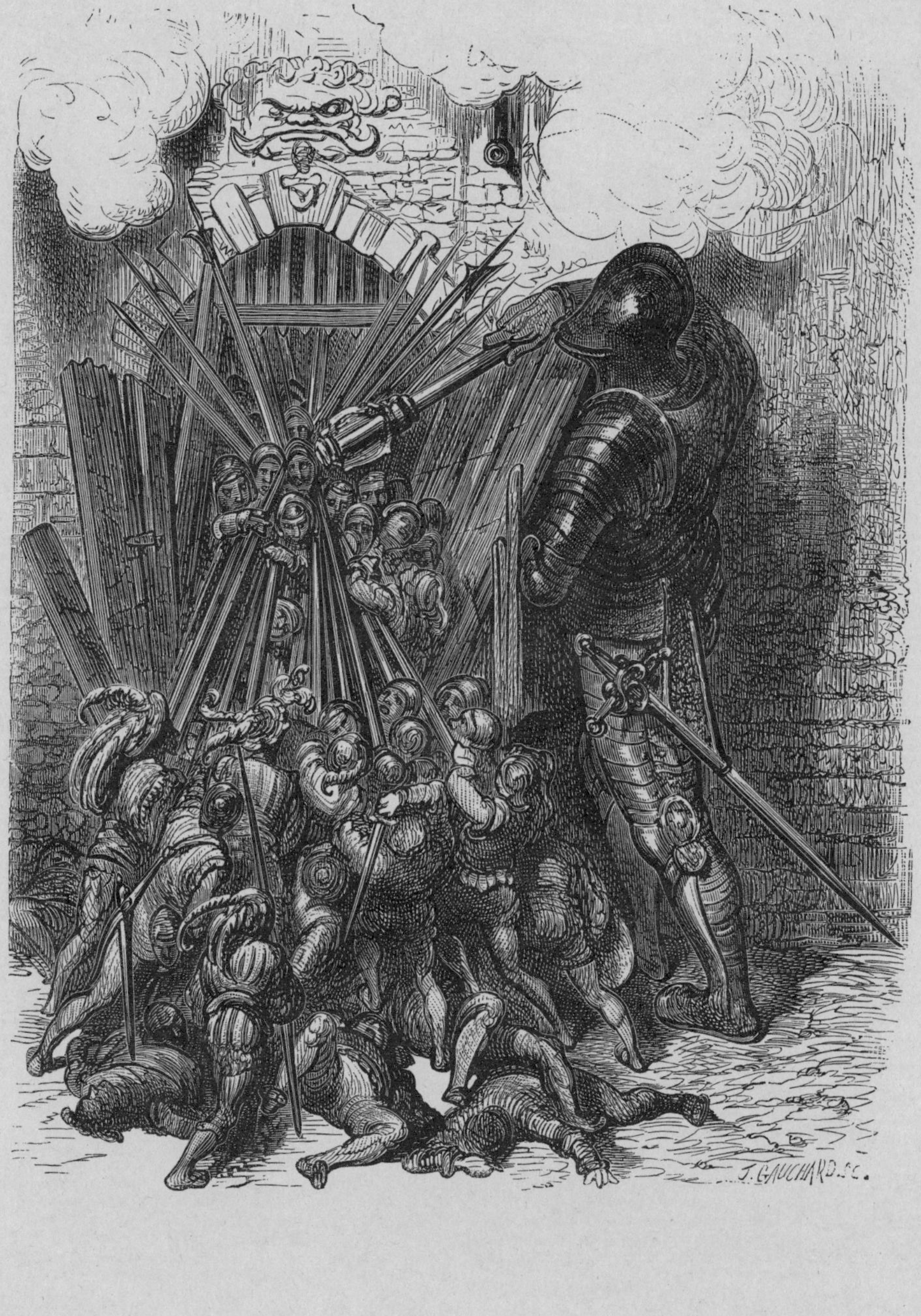

もちろんピクロックル軍の兵士たちは、みんなすぐに降参しました。

第十八話　ピクロックル王のその後とガルガンチュア

こうしてピクロックル軍は
ほとんど全員が捕虜《ほりょ》になり
そしてすぐに降参《こうさん》した。

しかし、なかには閉じこめられる前に逃げ出した者たちもいて、ピクロックル王もその一人でした。逃げ出したピクロックル王は、頭の中に巣《す》くってしまった愚かな世界制覇の野望から逃れることができず、少なくなった兵士たちをかき集め、閉じこめられた兵士たちを取り戻すべく、少人数でもう一度攻撃を仕掛けましたが、それもあっという間に閉じこめられてしまいました。

ピクロックル軍の兵士たちはすでに、すっかり戦意を喪失しており、なかには、鬼のような形相で、進め進め、と叫び続けるピクロックルの言葉に素直に従い、そのままどんどん武器を捨てて進んで、自ら捕虜になった兵士たちもおりました。

いつのまにか、まわりに命令を下す兵士が一人もいなくなってしまったピクロックルは、頼りの綱の側近たち、とりわけ世界中の誰よりも軍事作戦に長けていると言っていたハラグロックル将軍と、全戦全勝の歴戦の勇士ドンヨックル総隊長の姿を探しましたが、二人とも戦争が始まった途端に戦死してしまったので、どんなに名前を呼んだところで、駆けつけられるはずもなかった。

情けないことに、ハラグロックル将軍は戦争の最初に、みなの者突撃じゃあ、と大声で叫んだまではよかったのですが、駆け出す元気はとてもなく、その場にただ突っ立っていたために、後ろから突撃してきた味方に踏んづけられて死んでしまったのでした。

ドンヨックル総隊長の方は、突撃の合図にあわせてヒラヒラと軍配を振り回したところまではよかったのですが、しかし、武装が重くて坐ったまま床几《しょうぎ》から立ち上がることも出来ず、全軍が突撃した後、たった一人でその場に取り残されてしまい、しばらくすると、今度は退却してきた味方の軍勢に、やっぱり踏みつぶされて死んでしまったのだった。

そんなわけで、ハラグロックル将軍も、ドンヨックル総隊長も、さっさと戦場を離れて別のところに行ってしまっていたので、その名を空しく呼び続けるピクロックル王の声が聞えるはずもありません。ピクロックルは仕方なく、たった一人で戦場を後にしなければならなかった。いくら激しい妄想《もうそう》に囚《とら》われていたピクロックルでも、そうなってしまっては、これが負け戦《いくさ》だと思わざるを得ません。

そう思った途端、ピクロックルは急に心細くなってきました。もともと弱虫で、まわりで誰かが自分を護ってくれなければ、命令も何もできない王でした。王でなければ、誰からも見向きもされない、人としての魅力にも乏しいピクロックルでした。護衛兵の一人もなく、たくさんの死体が転がる場所に、たった一人でとり残されてしまったピクロックルは、次第に恐ろしくなってきました。ハラグロックルやドンヨックルに言われて始めたこととはいえ、この戦争の総司令官は自分なのだ。こんなところで一人でいるのを敵に見つかったら、すぐに殺されるにちがいない。殺されるならまだしも、捕まって痛い目にあわされたりしたらどうしよう。敵が負った傷の数だけ、刀で切り刻まれたらどうしよう。死んだ兵士の数だけ、頭を殴られたらどうしよう。恐くなったピクロックルは、急いで鎧兜を脱ぎ捨てた。王の衣装も王冠も投げ捨てた。

投げ捨てた王冠《おうかん》が
カラコロカラと
小さな音をたてて転がった。
まるで悪魔が自分の運命を
もてあそんでいるように見えた。

そうだ。悪い悪魔が、自分を陥《おとしい》れたんだ。悪魔が自分に呪いの息を吹きかけたから、勝利の女神が嫌がって自分から離れて行ってしまったんだ。

そうでなければきっと勝てたはずなんだ。だってドンヨックルは、我軍は無敵だと言っていた。ハラグロックルも、世界制覇はもうすぐだと言っていた。もう少しで、楽園王国の財宝をみんな奪って、美味しいものをたらふく食べて、ゆっくり昼寝ができるはずだったんだ。なのに悪魔が、それを嫉《ねた》んで邪魔をしたんだ。勝利の女神を、僕から遠ざけてしまったんだ。悪魔さえいなくなれば……

もともと、弱虫なくせに妄想癖《もうそうへき》のあるピクロックルの頭の中で、再び妄想が回転し始めました。もはや自らが置かれた過酷な状況を正視できなくなったピクロックルの頭がすがれるのは妄想だけでした。悪魔さえいなくなれば、とピクロックルは思いました。そうすれば、勝利の女神がまた自分に微笑んでくれるんだ。

こうして戦争が終わった後の荒れ果てた大地の上で、自分だけの妄想の中を、ピクロックルはさまよい、そしてさまよい続けた。

悪魔さえいなくなれば、みんな帰ってくるはずだ。そしたらまた戦争をするんだ。そして楽園王国のガルガンチュアをやっつけるんだ。だけどあいつは、とてつもなく大きな馬に乗っていた。悪魔を追い払ったら、あの馬よりすごい何かを僕も持たなくちゃいけない。そうすれば無敵だ。

妄想が妄想をうみ、現実から遠く遠く離れた場所に、ピクロックルをどんどん連れ込んで行きました。

さまよい歩くピクロックルに、王の面影《おもかげ》はもはやありませんでした。

そして、薄汚れた姿でさまよい続けるそんなピクロックルの前に、突然、一人の老婆が立ちはだかった。老婆は戦争で息子をなくして気が狂ってしまっていた。

妄想の中をさすらう
ピクロックルの眼には
そんな老婆の姿が魔女の女王に見えた。
ピクロックルは思わず言った。

「魔女さま、私は何を得ればガルガンチュアに勝てるでしょう?」
「空飛ぶ獅子。空飛ぶ獅子を得れば、すべてに勝てる。すべてに勝てば平和が来る」

地を這《は》うような老婆の呟《つぶや》きがピクロックルの耳に届きました。

「空飛ぶ獅子を操《あやつ》る者こそ世界の王。その者が誰であろうと、空飛ぶ獅子にまたがりさえすれば、世界はひれ伏し、その者に従う。勇者は脅《おび》え賢者は黙る。巨大な空飛ぶ獅子が一声《ひとこえ》吠《ほ》えれば、山は震え、海は涙を流す。二声吠えて火を吐けば、街は壊れ家々は燃える。歯向かうものなどおらず、人の言葉も消える。そして世界に平和が来る」

「どうすれば空飛ぶ獅子を?」

「どうすればじゃと? それが分かれば苦労はない。それさえ知っておれば、息子は殺されずに済んだ。殺される者ではなく、殺す者となって世界を従えたはず。それにしても、十字架の剣を持つお前こそ誰じゃ。さては死神じゃな。その十字の剣は、わしらを誑《たぶら》かすためであろう。その証拠に死を呼ぶカラスがお前の後に群がっておる。立ち去れ死神。その剣でいったいどれだけの人間の命を奪ったのじゃ。えーい、さっさとここから立ち去れ」

こうしてピクロックルは
戦争で頭が狂ってしまった老婆に追いはらわれてその場を去り
そのままどこかに消えた。

それからピクロックルがどこへ行ったか、どうなったかは、誰も知らない。

G. Doré

こうして戦争の張本人たちは誰もいなくなりましたが、しかし、戦争が残した悲しみはあまりにも大きかった。負けたピクロックル国より、楽園王国の死者や怪我人のほうが、どちらかといえば多かった。

戦争が終わったことを知ると、女たちも姿を現しましたが、夫を亡くした女、息子を亡くした母親、父親を亡くした子どもの泣き声が、いたるところから聞こえました。

あんなにも楽しく朗《ほが》らかだった
楽園王国の大地を悲しみが覆《おお》い
覆いつくして低く重く
冷たい霧のように漂った。

民の顔からは笑顔が消えました。悲しむ人を見れば、誰だって悲しくなります。戦争に勝ったと喜ぶことなど出来なかった。

ピクロックル国の民の心にも、悲しみが満ちました。いくら命じられてやったこととはいえ、戦争を仕掛けた側であってみれば、後悔も罪悪感も恥ずかしさも惨めさも、楽園王国の民より強く深かった。

心は萎《な》え、疲れ切った体は、まるで幽霊にでもなってしまったかのようで、手も足も、自分の体とは思えなかった。

この手で、何の罪もない楽園王国の民を苦しめたと思えば苦しく、悪い奴らと思い込まされ、あんなに憎んでいたはずの民から食べ物をもらえば、優しくされれば、もうどうしていいかわからず、お礼の言葉を口にするのもはばかられました。戦争が終わってみれば、誰もが惨めな敗者でした。

戦争に出たまま帰らず、生死さえわからない人たちも多くいました。なかには傷ついて、死体の群れの中に埋もれたまま動けずにいるところを助けられた人もおりました。

生きて帰って来ることを信じて待っていた家族のもとに、無残な姿で帰ってくる人もいました。戦争の後の二つの国を悲しみが襲いました。戦争は、悲しみしか残さなかった。ピクロックル王国も楽園王国もそれは同じでした。人の悲しみには、敵も味方もなかった。

勇敢に戦ったなどと言われたところで何の慰めにもならなかった。誰に殺されようと何で殺されようと、死んでしまったことに変わりはなかった。

戦争さえなければ今ごろ、父親と一緒に楽しくご飯を食べていたはずでした。酔って機嫌よく歌の一つも歌ってくれたはずでした。いつものように眠るまでお話をしてくれたはずでした。父親が、息子が、恋人が、変わり果てた姿で帰ってきました。こんな姿を見るくらいなら、行方が分らないままのほうがよかった。でも戦争に行ったのは確かなのだから、戻らなければ心配で、どのみち探しに行かずにはいられませんでした。

来年の春に結婚の約束をした恋人。今年のワインは美味しいはずだぞと楽しみにしていた夫。そんな人たちの声をもう聞けないなんて、優しい笑顔が見られないなんて信じられなかった。信じたくなかった。戦争さえなければと誰もが思いました。

二つの国の民は
これが戦争なのだと思い知り
そして知った時にはもう手遅れでした。
多くの人が死に
多くの人が悲しみの中にとり残されました。

グラングジェ王は
そんな民の一人ひとりを
涙を浮かべて抱きしめることしかできませんでした。

いくら悔やんでも、死んだ者たちがあの世から帰ってくるはずもなく、残された者たちの傷ついてしまった心が癒《いや》されるわけもありません。グラングジェは民を抱きしめながら、自分にはもう、この国の王である資格はないと思いました。そう思った時、グラングジェの眼は、こんな時にいつでも、どうすればよいかを教えてくれたナンジャモンジャーナとボンクラートの姿を探していました。

「探せ、ナンジャモンジャーナとボンクラートを、手分けして探すのじゃ」

しかし、しばらくしてもたらされたのは、二人が戦死したという報告でした。ナンジャモンジャーナは、ピクロックルを説得するために一人で接近しようとして、護衛兵に刺し殺されたとのことでした。ボンクラートは常にガルガンチュアの側におりましたが、ガルガンチュアが一人で敵前に身を晒《さら》した時、一緒に付いて行き、突撃してきた軍勢の中にたちまち埋もれて、姿が見えなくなってしまったとのことでした。それを聞いたグラングジェ王は、その場で退位を決意しました。

ナンジャモンジャーナに和平交渉を命じたのは自分だ。あいつは最後まで、その命令を守ろうとしたんだ。ボンクラートにガルガンチュアの教育係を命じたのも自分だ。あいつもまた、その言いつけを最後まで守り、ガルガンチュアを護ろうとした。ああ、私はもう誰かに何かを命じることなどできない。私が王であってはならない。

グラングジェはガルガンチュアを呼んでこう言いました。

「これからはお前が王として、民を率《ひき》いてくれ、私たちがこの戦争に、かりに勝ったのだとするなら、それはお前の力によるものだ。民もまた、あんなにも、楽園王国を救ったお前のことを慕っている。お願いだ。どうかそうしてくれ」

ガルガンチュアの耳に
王宮に集まってきた群衆の声が聞えました。
外に出れば、ガルガンチュアを待つ大勢の民の姿。
みな戦争が終わったことを喜び
それを王子が成し遂げたことを称《たた》える声が満ち溢れておりました。

国中の民が王宮の前の広場に集まりました。ガルガンチュアは思わず、彼らに語りかけ始めていました。

「ここに集まってくれたみんなに、僕の気持を伝えたい。父上のグラングジェ王は、さっき僕の前で、たった今、王であることを止め、僕に王位を継ぐようにと言った」

ガルガンチュアがそう言うと、すぐに大歓声が上がりました。

「ガルガンチュアさまが王位を継がれた。みんなで、新たな王の誕生を祝おう」

「ちょっと待ってよ。そうは言われたけど、でも僕に王になる資格なんかない。誰も傷つけたくはなかったのに、たくさんの人を死なせてしまった。僕はまだ何も知らないし何もできない。僕は王さまなんかになれない。それに、この国には王はいらないと僕は思う。どうしても必要だというのなら、ここでみんなでクジでも引いて決めたらいい」

G. Doré
Jonnard

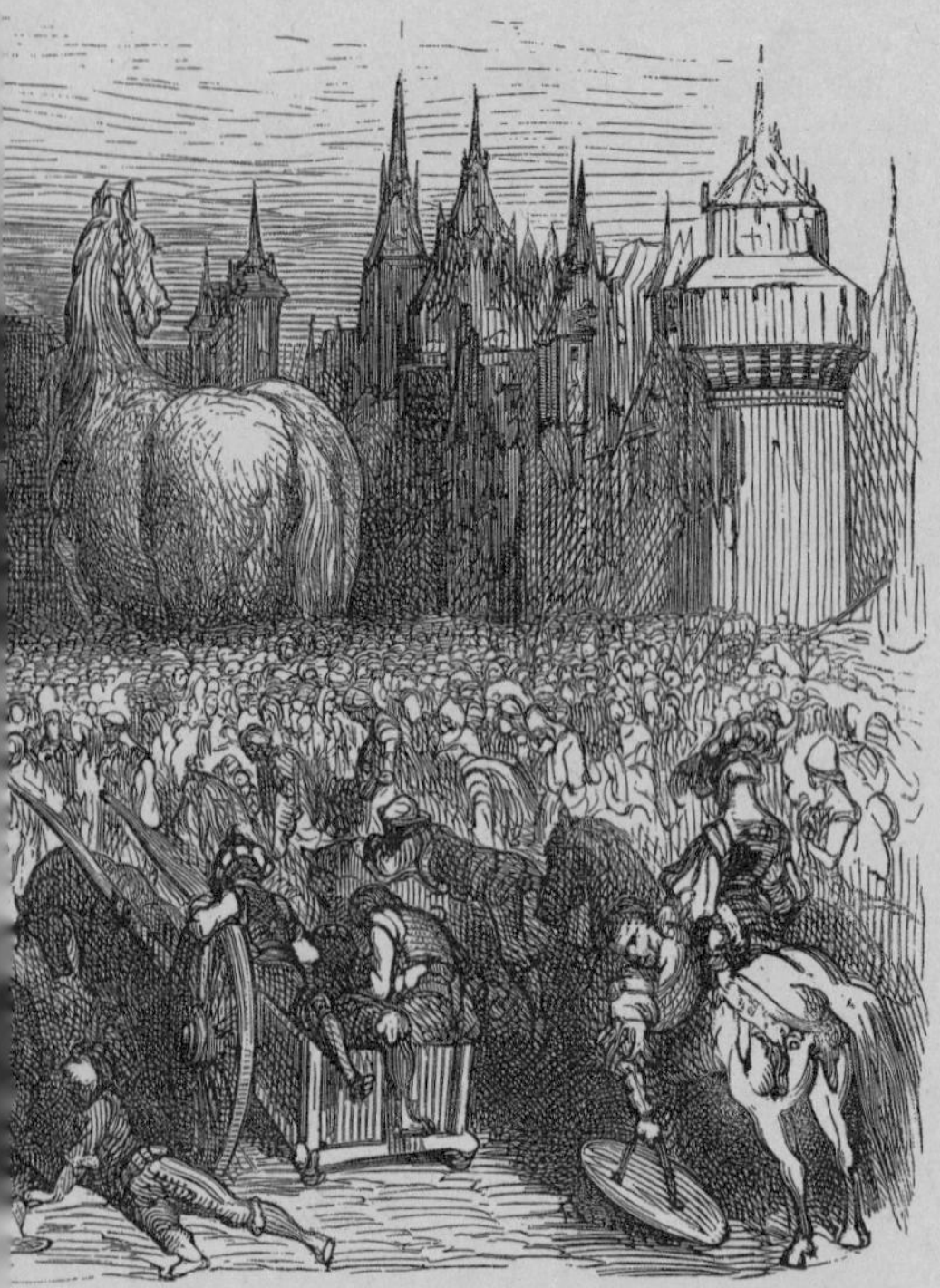

ガルガンチュアがそう言うと、民は一斉に声を合わせてガルガンチュアの名を叫びました。

「ガルガンチュアさまこそ楽園王国の王！」

声はだんだん大きくなり、やがて大合唱となりました。楽園王国の民は、普段はそれぞれ自分のペースで好きなように生きてきましたので、めったに大勢の人が同じ言葉を口にしたりすることはありません。なのに、広場に集まった全員が心を一つにして叫ぶ声がガルガンチュアの胸に痛いほど染みました。

それだけみんな辛い目にあったんだ。だから何かを必死に求めているんだ。僕に、何とかしてほしいと願っているんだ。そして僕なら、きっとそれができると信じているんだ。

広場に溢れる声の海の中でそう感じたガルガンチュアは、ゆっくりと全員を見渡し、やがて意を決したように、天を仰ぐと、静かに話し始めました。

みながそれほどまでに言うのなら
僕が楽園王国の王になる。
だけど僕はこれから
赤ん坊のような王になる。

「赤ん坊のような素直な心で、みんなに、いろんなことを教えてもらいながら、みんなから愛されるような王になっていこうと思う。これまでもみんなから、たくさんのことを教えられてここまで来た。これからも同じように、みんなと遊びながら学んでいこうと思う。そして楽園王国をみんなと一緒に、喜びに満ちた楽しい国にしよう。これまでそうだったのだからきっとできるはずだと思う。そのために僕は、赤ん坊のような王になりたいと思う。赤ん坊はなんにもできないけど、誰でも赤ん坊を見ていると笑顔になる。心も穏やかになる。できるならそんな王になりたい。いざ戦争になると、すでに大きくなって赤ん坊じゃなくなっている分だけ、つい馬鹿なことだってやってしまう。

赤ん坊は戦争なんかしない。
人を殺したりしない。
赤ん坊は人を疑ったりしない。
だけどみんなに喜びを与えられる。

嫌な時には泣き、嬉しい時には笑う。そんな王に僕はなりたい。あんなに楽しく幸せだった僕たちの国は、どうして起きたかさえわからない戦争に巻き込まれて、みんな深く傷ついてしまった。大切なものを失ってしまった人はたくさんいるし、親しい人が戦争で死んだり傷ついたりした人もたくさんいると思う。辛くて辛くて、いっそのこと死んでしまいたいと思う人だっているかもしれない。

でも赤ん坊は、泣いてもすぐに泣きやむ。そしてすぐに笑顔になる。起きてしまったことを悲しみ続けるより、これから起こせることに向かって、みんなでいっしょに、できるだけ笑顔で歩いて行こうよ。

人はだれだって、醜《みにく》いものより美しいものをたくさん見た方が気持がいい。悪いことをするより、喜んでもらう方が気持がいい。哀しみを忘れることはできないけれど、哀しみと一緒に生きて行くには、たくさん楽しまなくちゃいけない。美しいものを見て、たくさん喜びを感じて元気にならなくちゃいけない。それには前を向いて、心の眼を、赤ん坊みたいに、いつも開いていなくちゃいけないと思うんだ。

愛するものを失った悲しみは大きい。それに戦争で、自分が人を傷つけてしまったことを思いだせば心が痛む。だけど僕たちは、生きているかぎり生きていかなくちゃならない。だったらみんな、楽園王国の民らしく、歌って踊って美味しく食べて、ぐっすり眠って、できる限り楽しく明るく生きて行こうよ。そうできる国にしようよ。

死んでしまった人だって、そうしてくれた方がきっと嬉しいと思う。失ってしまったことを悲しむより、これから得られる喜びを求めて生きて行こうよ。

それでもときどき、愛する人を亡くした悲しみが、そんな人との想い出がよみがえってきたりもするだろう。その時、どうせ思いだすなら、その人の笑顔や、その人が言った面白い言葉をできるだけ思いだすようにしようよ。そうして心のなかのその人と、ずっと一緒に生きていこうよ。

愛する人たちと、いつも、いつまでも一緒にいることはできないけど、でも心の中だったらできる。そうして、亡くなった人や自分のまわりにいる人のことを愛そうよ。そしてそれと同じように、自分のことも愛そうよ。いつかは自分だって、亡くなった人たちの仲間入りをする。そんなとき、楽しく思いだしてもらえるような人になろうよ。

もちろん僕には、こんなことを言える資格なんてない。隣の国の人たちの中には、僕やドスンコユラリのことを、憎いと思っている人がたくさんいると思う。でも悪いのはドスンコユラリじゃない。あいつを戦場に連れて行った僕が悪いんだ。あんな馬、さっさと殺して食べてしまえと言う人だっているだろう。たしかにそうすれば、おおぜいの人のお腹をいっぱいにできるだろう。だけど、明日になったらまたお腹が空《す》く。だって人間ってそういうものだもの。

それより、僕とドスンコユラリが力を合わせれば、隣の国の荒れ地だって、あっという間に畑に変えることができる。水路だってすぐにつくれる。

なんにも知らない僕だけど、これから赤ん坊のように学んでいけば、きっといろんなことができると思う。乱暴者のドスンコユラリにだって、できることはきっとたくさんある。だからみんなで、それぞれができることと、自分や仲間の気持が良くなることをやろうよ。

言葉も、そのためにちゃんと考えて使おうよ。嬉しいことや、素敵なことや楽しいことを増やすために使おうよ。そうやって、みんなで楽しい国を創ろうよ。誰も一人では生きられないから、だから、一緒にできることは一緒に、そうでないことは、それぞれが、自分の喜びを求めてやっていこうよ。みんながそれでいいというのなら、僕が今日から、楽園王国の王になる」

一度は手にしてしまった武器を
抱いてしまった哀しみを
天使が明日の喜びに向かって
吹き鳴らす喇叭《らっぱ》の音に代えて
一緒に
前を向いて歩いて行こうよ。

そう言い終わった時、大歓声が
ガルガンチュアを包んだ。

第十九話　ガルガンチュアの国創《くにつく》り

さて、こうして楽園王国の新たな王となったガルガンチュアでしたが、だからといって、これからどうすれば楽園王国の民を幸せにできるかについては、まったく見当もつきませんでした。グラングジェに聞いても、おまえはもうグラン・グラン・ガルガンチュア王なんだから、お前の好きなようにやればいいと思うよ、と言うばかり。

王というのが、そもそも何なのかもわからない。つい引き受けてしまったけれども、何をすればいいのかも思いつかない。

赤ん坊のような王になりたいと言ったし、それは心からそう思ったけれども、ただ、赤ん坊だって日に日に大きくなる。

それに自分は実際にはもう大きくて赤ん坊じゃない。それなりに成長しなくちゃいけないんだろうけれど、それには、何をどう学べばいいのかもわからない。

ガルガンチュアは途方にくれました。大きいけれども空っぽの自分の頭だけで、こんな大事なことをこれ以上考えてもろくなことはない、こんなときにボンクラートがいてくれたらなあとも思いましたが、ボンク

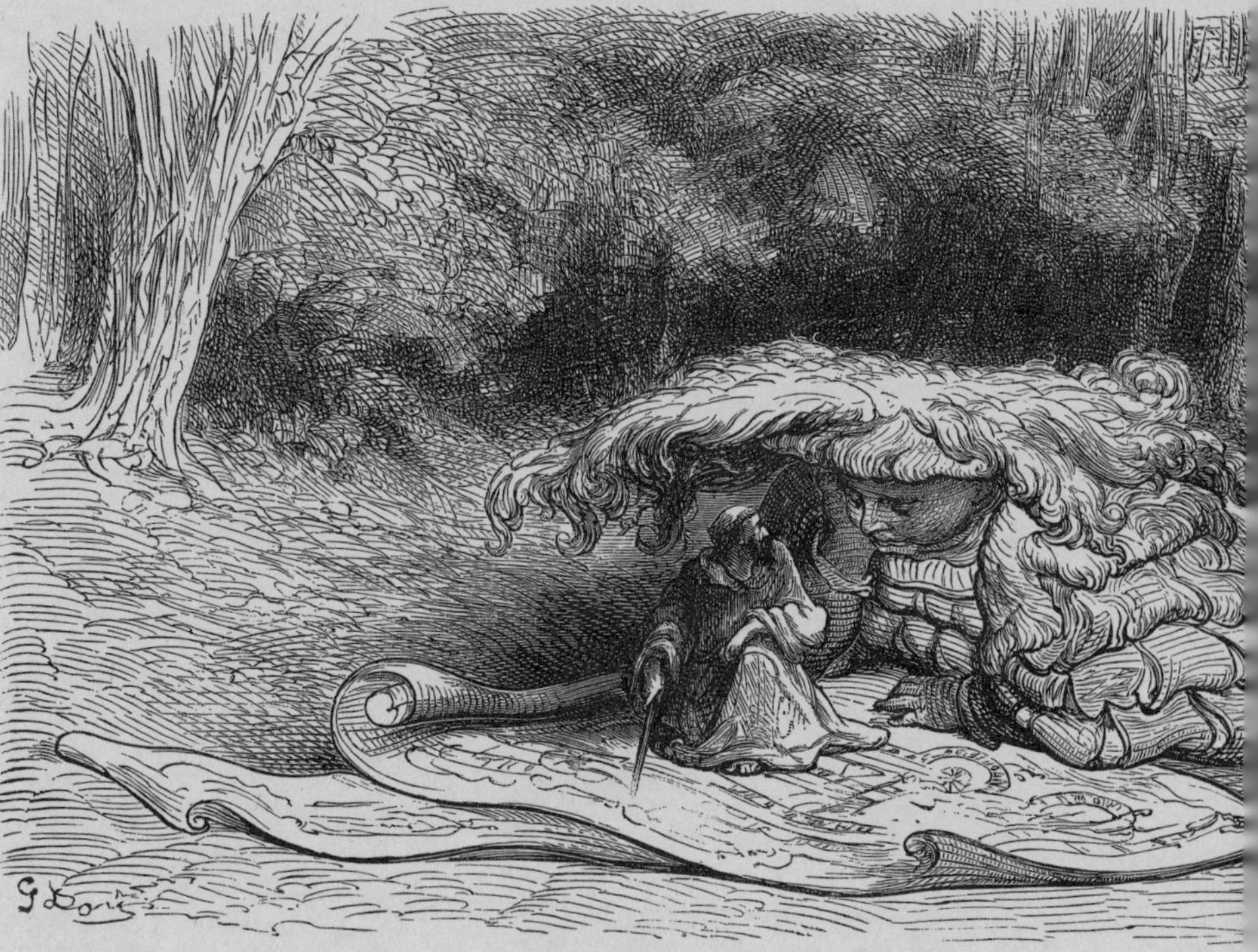

ラートはもういない。そのときガルガンチュアはふと、ジャンのことを思いだしました。

そうだジャンがいるじゃないか。
ジャンを呼んで
楽園王国がこれから
どんな国になればいいかを考える
相談相手になってもらおう。

実はガルガンチュアには、いくつかとても気になることがありました。一つは、楽園王国はずっと前から、楽しく愉快に暮らしてきて、誰だって戦争なんかしたくはなかったはずなのに、いつのまにやら戦争をして、結果として多くの死者を出してしまった。これから先、二度とそうならないためにはどうすればいいのか。それが何かを知りたいと思いました。

もう一つは、自分は王になったけれども、それは自分にそういう知恵や力があったからじゃない。広場でのみんなの興奮ぶりを見ていると、どうやらみんなは、やっとまた平和になった喜びと、戦争に勝ったという興奮と、敵を翻弄《ほんろう》した自分への過大な期待とが混ざり合って、なんとなく、自分を王にしなければという気分になっていただけだ。あの時のみんなは、誰もが、まるで風邪をひいて熱にうなされた子どもみたいな真っ赤な顔をしていた。それはどこか、真っ赤な顔をして戦争だ突撃だと叫んでいたピクロックルの顔つきと、なんとなく似ていたようにも思う。それがなんだか妙に気になる。どう考えてもあれは、楽園王国の民らしくなかった。

そんなことを考えるうちにガルガンチュアは、しだいにこんなことを思うようになりました。

この先、どんなことがあっても民を
二度と今度のような目にあわせないための
分かりやすいけれども、石に刻んだように確かな
約束のようなものが必要なのではないか。

それを考えるにはジャンのような、すごく賢くて強いけれど、そのことを、とてつもなく恥じている人の助けが必要だとも思いました。

その頃ジャンは、修道院を出て山の中に粗末な庵《いおり》をつくり、一人でひっそり暮らしておりました。ガルガンチュアがそこを訪れ、これからの楽園王国のことで知恵をかりたいと言うと、ジャンは、自分には、そんな知恵のかけらもありませんと言うのだった。

「あんなに長い間、修道院で厳《きび》しい修業をしたはずなのに、何の役にもたちませんでした。恥ずかしいことです。情けないことです。申し訳ないことです」

「そう言うなジャン。だからこそ僕は、お前の意見を聞きたいんだ。お前でさえ、いざ戦争に巻き込まれた途端、誰よりも激しく敵を殺しまくった。どうしてだろう?」

「それは私がいたずらに強かったからでしょう。騎士になって得意になっていた時もそうでした。だから親友を死なせてしまったのです。つまり自分が強いと思い、それに得意になり、もっと強くなりたいと思った結果、過ちを起こしてしまったのです。どんなに反省して、いくら修道院でおとなしくしていても、結局私は、体に染みついた馬鹿な記憶をなくすことができなかったということでしょう」

「どうして僕たちは、戦争に巻き込まれてしまったんだろう? もちろん、ピクロックル軍が攻めてこなければ戦争はなかっただろうけれども、でも実際には、ピクロックル軍が攻めてきて、僕らは戦争に巻き込まれてしまった。何がいけなかったのだろう?」

「それは私の中ではハッキリしています。応戦したからです。ピクロックル軍の兵士が修道院の私の同僚に乱暴した時、怒りのあまり、私の中で何かが狂ってしまいました。今から考えればその瞬間に、私の目は相手を敵としてしか見なくなりました」

「手にした錫杖で相手を必死に殴りつけているうちに私は、極悪非道の怪物をやっつけているような、自分がなんだか正しいことをしているような気分に、自分が神の代わりに悪を懲《こ》らしめているような気分に、なぜかなってしまったように思います。そこから先はもう、よく覚えていません。私であって私でないような……」

「だったらようするに、何があっても戦争はしないと、人を殺したりはしないと決めるしかないということだね。武器のたぐいは持たずに、争いが起こりそうになっても、目の前にいるのは自分と同じ、食べたり笑ったりすることが好きで悲しいことが嫌いな、人の心を持った同じ人間だと、そう思い続けるということだね」

「そうです。武器を取った瞬間、人は人でなしになってしまうのです。ですから応戦などしないこと、戦うための武器をなくしてしまうことです。怒り狂ったりなどせず、みんなで一緒に楽しくご飯を食べる方が、ずっとずっと大切です。もしかしたら、いっそ正義だの、善人悪人だのという考え方そのものをなくした方がいいのではないかと私には思えます。敵とか味方とか、上とか下とか、強いとか弱いとか、物事や人の気持や立場に単純な名札を付けて区別して、こちらとあちらを分けて、相手を見下したりすることは愚かなことだということを、だれもが当たり前と思う気持を、みんなで育てていくしかないように思います。そうでないと、やがて戦争につながるような気持を、知らないうちに自分の中にすまわせてしまうような気がします」

「どっちが正しいとか言い合っていると、愚かな争いが起きやすくなってしまうということだね。そうか、してはいけないことは何となく少しわかったけど、した方がいいことって何だろう?」

愛することですガルガンチュアさま。

人はだれでも愛することが大好きです。

恋人同士だけのことではありません。
人は一人では生きられません。
だから心のそこではみんな
愛し合いたいと思っています。

「人だけじゃなくて、いろんなことを愛したいと思っています。愛されたいとも思っています。人には愛が必要なのです。それに、こうして自然のなかで暮らしていると、鳥や虫や花たちは、はるかな時と命の広がりの中で、それぞれが懸命に健気《けなげ》に、そしてささやかに、そしてたおやかに生きているように見えます」

「そうだね。美味しく食べて、よく寝て健《すこ》やかに生きて、いろんな人や好きなことを愛して、みんなから愛されたら嬉しいよね、心も体も元気だよね。そしたら、ほかに何にもいらないかもね」

「そうですガルガンチュアさま。愛のないところには平和も安らぎもありません。戦争や暴力というものはたいがい、それが満たされない不満から起きます。不満や怒りがたまる仕組が戦争をつくるのです」

「食べられない不満。愛するものがいない不満。誰からも愛されない不満。やるべきことがない不満。誰からも喜ばれない不満。そしてそれに対する怒り。不満の多くは、満たされないことから芽生《めば》えます。お腹がいっぱいで、暖かいところでぐっすり眠れて、痛いところもなかったら、それが続いたら、たいがいの人は満足です。でも愛がなければ、人はそれでも不満です。しかも、足りないことが何にもないというのは普通はありません。いつでもどんな時でも、すべてに満ち足りている人などいません、常に何かが足りなかったり余計に持っていたりするのが人です。大切なのは、それを不満や怒りや嫉妬につなげない工夫です。

修道院というのは、世俗《せぞく》を捨て、いろんなものが足りない状態に自分を置いて、それに耐える力を養う学校のようなものだったと、今の私には思えます。でもガルガンチュアさま、耐える力をいくら訓練しても、それだけでは駄目なことを私は思い知りました。

それに修道院では、欲望を戒《いまし》める訓練もしました。もっとたくさん、もっとたくさんと、自分を欲望の奴隷のようにしてしまうのは愚かなことだと学びました。あれをしてはいけないこれもいけないと、修道院にはしてはいけないことがたくさんあって、その戒めを守るように努めました。でもそれも、私の役にはたちませんでした。人が最もしてはいけないことは人を殺すことなのに、私は大勢の人を殺してしまいました。何がいけなかったのだろうと、あれから私は考えました。

不満を抑えること。欲望を抑えること。決まりの檻《おり》の中で暮らすことが修業であり聖人への道だと思うこと。私は修道院で、そんな勘違いをしていたのだと今になってわかりました。

それに、戦争をしないという約束と共に、足りないという気持を不満につなげないためには、誰かにその部分を埋めてもらったり我慢したりするのではなく、自分で自分を満たす努力をしなくてはいけないのです。

私はこうして野山で、鳥や虫や花を見つめてそう思いました。人間の心には、なぜかいつでも足りない部分があって、それを何かで満たしたいと思っています。それが私たちと鳥や虫や花たちとの違いです。でも人は、だからこそ人なのだとも思えます。

私たちは、だから家をつくり、言葉をつくり、歌をつくり、いろんなものをつくって心を満たそうとします。でも私たちの、人を愛する心、美しさや哀しさや喜びを感じる心、何かを慈《いつく》しむ心、打ち込む何かを求める心、共に喜びたいと思う心、そんな気持がだれの心のなかにもあって、それが人をつくり、人を支えていると感じます。

だから、私は今、あの悪魔のような私の馬鹿なパワーを、そういうことに向けることはできなかったのかと、一所懸命考えています。そうしないと私はこれから、後悔だけを背負った醜《みにく》い世捨て人のように生きて、醜く歳をとってしまうような気がします。それは、なぜか私らしくないと感じます。

人の醜さは不満の表れ
美しさは愛の表れなのだと思います。

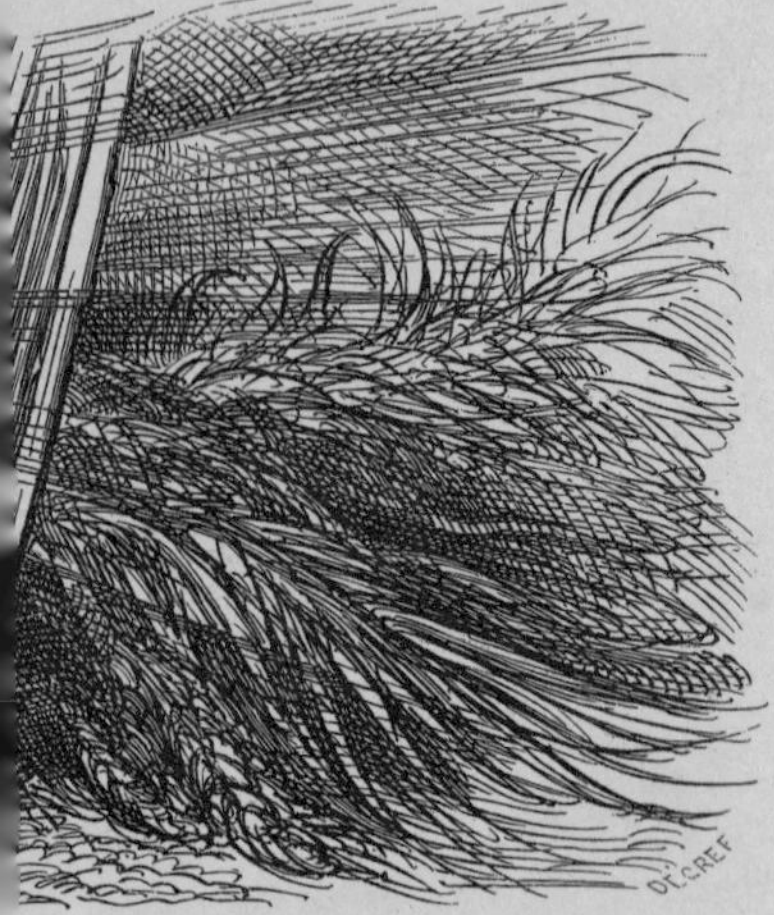

だから私は、私を愚かで凶暴にした何かを、これからなんとか自分自身の力で、ほかの何かにつくり変えて生きたいと願っています。ガルガンチュアさま、私のような人間は、ほかにもきっといるはずです。ですから、ガルガンチュアさまは、そんな私や、もう一人の私が、もっと美しい人間に生まれ変わることができるような場所や仕組を、どうかこれからつくって下さい。それが私の願いです」

「お前の言っていることは、何だか私には難しすぎてよく分からない。けれども、お前はようするに、人は誰でも、もともと大きな愛を体のなかに持っていて、それと似たような大きな愛が僕たちみんなのあいだにもあって、そんな心や体の中の愛と、外の愛とのつながりを、それぞれが見つけることが大切だと、それをつなげることに嬉しさを感じるのが僕たち人間なんだと、そう言っているんだね」

「そうかもしれません。楽園王国は、これまでなんとなく自然にそういうことをやってきたのかもしれません。だからこそ楽園王国だったのです。なのに戦争に巻き込まれてしまったわけですから、これからは、少なくとも戦争だけは決してしない国に、そして、悲しみにつながるかもしれないことを喜びにつなげる知恵を、みんなで養っていかなくてはいけません。自然にそれを学べる仕組も必要でしょう。人が人を殺す戦争は、もともと同じように喜びを求めて生きる、同じ人間同士なのに、誰かが誰かの生きる自由を無理やり奪ってしまうことだから悪いのです。

それに、人にはそれぞれ、いろんな喜びや嬉しさがあります。食べ物の好みだってさまざまです。だからガルガンチュアさまが、自分の好き嫌いを民に押し付けたのでは、民はガルガンチュアさまの顔色をうかがいながら生きなくてはならなくなります。そうなれば、ピクロックル王国の二の舞いです。いろんな人や、いろんな楽しみ方があってこその楽

園王国です。野山は、いろんな鳥が歌い、いろんな花が咲くから美しく豊かなのです。

そんなふうに考えていくと、大切なことは、そんなにたくさんはありません。本当に大切なことだけを身につけたら、自ずとそこから、大きな愛も小さな愛も育つはずです。つまり、命を奪うようなことをしないこと、美しさを愛すること、その可能性を信じることが大切なのではないでしょうか。ガルガンチュアさま。民を信じることです。それができると信じることです。

賢い人と賢くない人がいるわけではありません。誰もが時々賢くて時々愚かなのです。共に喜び、共に哀しみ、共に歩むことです。それがガルガンチュアさまの務《つと》めです。風は、遠いところから流れてきて、遠いところに流れていきます。けれど私たちが感じるのは、いま頬《ほほ》を撫でていく風のことです。ちゃんと今を見つめることです。そこから、昨日や明日を見つめればいいのです」

吹き来る風が
吹かれて揺れる花の美しさが
誰かの言葉の美しさが
それを感じ取るガルガンチュアさまの目や手や心が自ずと
行き先を指し示してくれるでしょう。

「そうだねジャン。だったら僕は、僕とみんなが喜べることをたくさんすることにする。僕とみんなが楽しめるものをたくさんつくることにする。ジャンが言ったように、してはいけないことをたくさんつくって、それを守らない人たちを罰したりするようなことをしても、本当の力を養うことにはならないから、そういうことはしないようにする。

厳しくすればするほど、それを守れない人が増えて、それを駄目な人、悪い人、危険な人として、どんどん牢屋《ろうや》に閉じこめたりしたら、牢屋でご飯を食べて暮らす人を増やすだけで、楽しいことも、嬉しいことも、美しいこともちっとも増えないから、一人ひとりが、できることとか得意なこととか、とにかく自分やまわりが嬉しくなるようなことをするようにして、どんどん新しい喜びを見つけ出して、楽園王国を、いろんな喜びでいっぱいにしよう。そうして、心の中の哀しみのコップを喜びで満たそう。

だって、いくら牢屋を増やしても
牢屋が不満や悲しみでいっぱいになって
そのうち外にまであふれ出しちゃうかもしれない。

それを見るのが嫌で、そういう人たちを、僕たちの目に見えないところ、海の向こうの離れ小島なんかに送ってしまったりしたら、人の愛から見放された人たちがみんなを恨んで、いつのまにか怪物みたいになって、悪魔の船のようなものをつくって攻めてくるようなことになるかもしれない。

風も海も陸もつながっているし、人の心も重なり合っているから、ジャンが言うように、悪い人と善い人とを区別してしまうと、それも戦争につながってしまうかもしれない。

いろんな地位や役目やその上下をつくって、上が下に命令して何でもかんでもやらせるのも、結局は見えない牢屋をつくることになるような気がするから、楽園王国ではやらないようにしようかな。

考えてみたら、父上は王宮にいろんな変わった人を住まわせて、彼らをアシタノコ、と呼んで大切にしていたけれども、ああいう父上がいたからこそ、楽園王国には面白い人がたくさんいて、面白いことがたくさんあったのかもしれない。よし、僕もあれを見習うことにしよう」

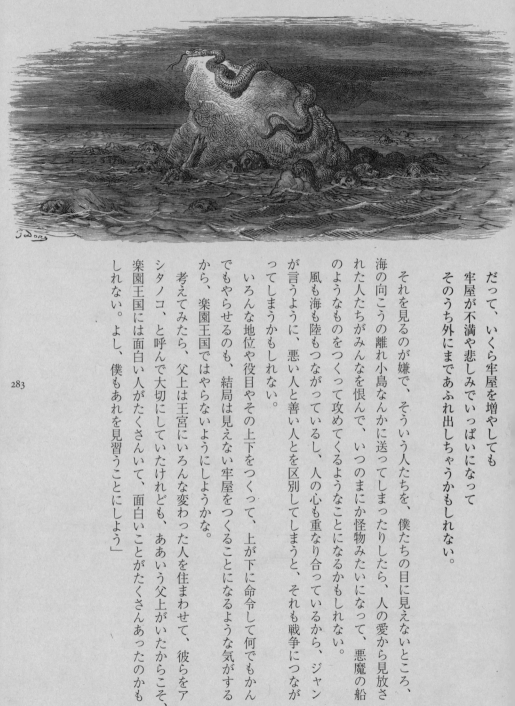

「そうだ、王宮の倉庫にたくさん貯め込んである金貨もみんな使ってしまおう。あんなものがたくさんあったから、ピクロックルが攻めてくる気になったのかもしれない。あの金貨で、隣の国や、その隣の国や、パリにある美しい絵をたくさん買おう。それを誰でも自由に見られるような場所をつくろう。

絵ばかりじゃなくて、音楽でも本でも家具でも帽子でも踊りでも料理でも髪飾りでも何でも、とにかく楽園王国を美しくて楽しくて美味しいもので一杯にしよう。

できれば、それをつくった人たちをいろんなところから招いて、楽園王国に住んでもらって、どうしたらそんな美しいものをつくりだせるのかを、みんなに教えてもらうことにしよう。そうしたら、金貨が無くなる頃には、楽園王国はどこよりも美しいものを、誰もがつくれる国になって、そのうち、だれもがあたり前のように美しいものを、歌うようにつくりだせるようになるかもしれない。

パリでは僕も、たくさん美しいものを見たし美味しいものも食べた。いろんな人から、世界がそれまでとはちがって見えるような素晴らしいこともたくさん習った。それをみんな覚えているわけじゃないけど、でもそれはみんな、僕の体のどこかで、僕の心や体が気持ちよくなるのを、助けていてくれるような気がする。だからみんなにも、いろんなことを知ってほしい。美しいもの、気持がよくなるものに触ってほしい。王宮の金貨は、そのためのものだったんだと、今の僕にはそう思える」

それで金貨が無くなってしまっても
美しいものや美味しいものをたくさんつくれたら
そうしてみんなで暮らしていけたら、それでいいんだと僕は思う。

G. Doré
JONNARD

膨《ふく》らみ始めた構想はとどまるところを知らず、ガルガンチュアは次から次へと夢中になってあるべき楽園王国の姿を描き、食事の時間も忘れてしまうほどでしたが、そのうち急にお腹が空いてきて、いったん国創り構想を中断することにしました。

その途端、いつものガルガンチュアに戻り、大好きな格言を思い付きました。それは、愛は剣よりも強い。喜びは坊主より賢く医者の薬より効く、そして美は金よりも美味しい、という壮大で盛りだくさんなものでしたが、この新たな格言に満足したガルガンチュアは、とりあえずご飯を食べ、少し昼寝をして、それからまた考えることにしました。

途中までガルガンチュアの話の相手をしていたけれども、ガルガンチュアの想像力が膨らみ始めてからは、できるだけそれを邪魔しないように静かにしていたジャンは、一緒にご飯を食べようよ、というガルガンチュアの誘いを断り、一人で山の奥の庵へと帰って行きました。もう大丈夫と思ったからです。どうやらガルガンチュアの大きな体には、いつのまにか、たくさんの知恵のかけらが蓄えられていて、あとは、それらが自然につながるのに任《まか》せれば、それほど間違わないようにジャンには想えました。いったん固い殻《から》を破って地上の光を浴びた新芽が、自然にすくすく伸びていくように、ガルガンチュアの夢は、やがて美しい花を咲かせ、大きな実をつけるに違いないと、ジャンは思いました。

ところで、昼寝の後に
再び想いを巡らせ始めたガルガンチュアの国創りは
まずは昼寝の時に見た素晴らしい夢を思いだすことから始まりました。

それは、自分のような大きな体をした王子が、怪物を退治したあとで、同じように大きくて美しいお姫さまから愛されて、そのお姫さまが、美しくて楽しくてためになるばかりか、ウットリするような物語を読んでくれるという夢でしたが、残念なことに、愛し合う二人が、これから力を合わせて素晴らしい国創りを始める、というところで目が覚めてしまいました。

思いだしてみると、ガルガンチュアは確かお姫さまと、木々が生い茂り、鳥たちが愛の唄をさえずる森の中で出合った。そうだやっぱり、とガルガンチュアは思いました。楽園王国には、清らかな水の流れる美しい森が必要だ。鳥たちが愛を育むように、森はきっと、みんなの恋や物語を育んでくれる。人間が創る美と、自然が創る美が重なりあえば、きっとそこに愛も宿る。そう思った時、また新たな格言ができました。

「男も女も自然の子、人はみんな世界の宝」
「素晴らしい未来は、美しいお話から生まれる」

気持の良かった昼寝の夢の余韻《よいん》のなかで、どんどん調子が出てきたガルガンチュアは、今度は夢の続きを勝手に考え始め、それに夢中になるにつれて、すべてが本当にあったことのように思えてきました。夢の中の出来事であろうと何であろうと、確かと感じられるなら、それは僕のなかでは実際にあったことと同じだとガルガンチュアは思いました。

あの美しさを、あの気持のよさを創り出すんだ。それをみんなと分かち合うんだ。

ガルガンチュアの想いの中で、誰もが楽しそうに、嬉しそうに森の中を駆け回っていました。いろんなところから愛の歌が聞え、唄い疲れた娘の美しい体を、柔らかな草が優しく包み、渇いた咽を、真っ赤に熟れた果実が潤《うるお》しました。それはまさしく楽園でした。こうして僕の目に確かに見えているのだから、それを創り出せないはずがない。ほかに何がそこにあったら、もっと美しいか、みんなが喜ぶかを、みんなで考えればいいんだ。

僕の心の中のことだから実際にはできないなんて思ったらみんなの楽園王国はできるはずがない。

ああ、あんなにも楽しそうに
羊飼いたちが語り合っている。
娘たちが幸せそうな笑顔で見つめている。
笛の音が流れ、羊飼いも笛吹《ふえふき》も娘たちも
子羊たちもみな
そこにそうしていることを喜んでいる。

できれば僕もそこにいたい。僕がそう想うのだから、それはきっと、誰にとっても美しい場所。そしてこの国がそうなったら、そんな景色が実際にあったら、もっと嬉しい。少なくとも、そうではない世界よりずっといい。人と人とが殺し合う、あの悲しい戦争なんか比べるまでもなく、ずっとずっと、ずっといい。

そうだ、こうして僕が見ていることをみんなに話そう。僕が感じていることをみんなと話そう。そうしたら、僕の夢はみんなの夢になる。もしかしたら誰かが、もっと美しい場所を想い描くかもしれない。そん

な想いと想いが重なり合えば、それを創り出せないはずがない。だってそのほうがいいんだもの。

そうしてみんなが、楽園王国を、もっと楽園王国らしくすることに夢中になり始めたら、僕はもう、それを見守るだけでいいような気がする。国がおかしくなった時にコラコラーナが、そうじゃないよと言ったように、変なことは変だと言い、素敵なことは素敵だと言えば、それで十分だと想える。

そうしてだれもが
心のどこかに持っているはずの愛と会話を交わしながら
それぞれが言いたいことを言いながら素敵な夢を描いていけば
きっと楽園王国は、もっともっと楽園王国らしくなる。

それでも人には、哀しいことが時々起きる。虫が三日で死んでしまったりするように、美しく咲いた花が、やがてしぼんでしまうように、誰かを亡くすこともあるだろう。丹精を込めて育てた仔牛が、病気になることだってあるだろう。そしたら僕は、僕の涙でみんながびしょ濡れになったりしないように気をつけながら、その人と一緒に、涙を流して哀しもう。そしてしばらくしたら、ニッコリ笑って、さあ、亡くなった人がもうこれ以上悲しまないように、一緒にご飯を食べようって言おう。

そういう時のためのメニューっていうのも考えなくちゃ。もちろん、大騒ぎする時のメニューも、みんなで喜ぶ時のためのメニューも、静かに考え事をする時のメニューも。というより、そんなメニューなんかなくても、そのときどきにぴったりのご飯をつくれる人も育てなくちゃ。いろんな場面に相応しい音楽を奏でられる人も、いろんなことを、みんなが楽しめる物語にしてのこせる人も育てなくちゃ。さあ忙しいぞ。

こうしてガルガンチュアは、さっそく新たな国創りにとりかかりました。もちろん、ひとつの国を、しかも、それなりに幸せだった国を、より幸せな国にするというのは大変な仕事ではありますけれども、そうはいってもガルガンチュアは、もともと呑気《のんき》で、くよくよしたりすることもない、とことんおおらかで楽天的な性格でしたので、みんなと一緒に国創りをすることを、美味しいものを食べたり美しい音楽を聴いたり、みんなと話をしたり、野山を歩いたりお芝居を見たり、いろんなことを夢想したりするのと同じくらい楽しみました。

ま、そんなこんなで、楽園王国は喜びに満ちた、とても素晴らしい国に、どんどんどんどんなっていったのですが、それに夢中になることで忙しく、ガルガンチュアは実は、いつか昼寝の夢に現れて、国創りの最初のイメージを創ってくれた素敵な夢の中のお姫さまのことを、あれ以来、すっかり忘れてしまっておりました。

そんなガルガンチュアでしたが、ある日、いつものように格言を考え、、みんなが愛し合えば、戦争なんて起きないぞ、というシンプルな格言を思い付いたとき、ふと、あの日の夢の中のお姫さまのことを思いだしました。

嬉《うれ》しくなったガルガンチュアは、さっそく
想い姫は元気のもと
という自分のためだけの格言をつくり
そして楽園王国を、いっそう愛に溢れる場所にするんだと
密かに誓ったのでした。

エピローグ

さてみなさま、大巨人ガルガンチュアの世にも不思議な物語はこれで一応お終いです。長い間おつきあいいただき、まことにありがとうございました。みなさまには、せっかくガルガンチュアのことを知っていただいたのですから、この愛すべき大巨人のことを、たまに思いだしたりなどしていただければ幸いです。え、何ですって、このお話は一体いつの時代のことで、この楽園王国というのはどこにあるのかですって？まだそんなことを気になさっておられるのですか。それに関しましては、お話の中でガルガンチュアが申しましたでしょう。過去と未来とは別々のものじゃなくて、すべては切れ目なくつながっていて、つまりは死んでしまった人も、これから生まれる人も、みんなあなたの今の中にあるのですから、そんなあなたの中の今と、あなたの知っている誰かの今とが重なり合うところから、明日ができていくんだよと、そのようなことを、ガルガンチュアが言っておりましたでしょう。

ですから、ギリシャ時代もローマ時代も石器時代もみんなつながっていて、ドイツもフランスもスペインもアメリカもあなたの故郷も、みんなみんなつながっています。

それらはみんな、そういう国々のことを知っているあなたの心のなかに混じり合ってあるわけですし、同じように楽園王国だって、それを知った人たちの心の中に、時空を超えて存在しています。

つまりガルガンチュアは
もうあなたの友人の一人なのですから

どうか遠慮なさらずに、
ガルガンチュアならなんと言うだろうか
どうするだろうかと考えてみて下さい。

そうしてあなたの中のガルガンチュアとお話しをしながら、彼が言いそうなことを想像してみて下さい。そして、彼がどうやらまだ気付いていないなと思えることで、もっと楽しそうなことがありましたら、ぜひそれを、あなたの中のガルガンチュアや、お知り合いのかたがたに教えてあげて下さい。

そんなふうにして、どこにもないような、けれどどこにでもあるような楽園王国を、創っていただければと思います。それではみなさま、ご機嫌よう。

あとがき　この本、もしくは時代と表現について

社会が大きく変化する時、それまでの価値観や常識や美意識のありようを大きく超える表現を展開し、後世に大きな影響を与えるさまざまな表現者たちや時代を象徴するような作品が生まれる。

例えばルネサンス。イタリア・ルネサンスの最盛期から大航海時代にかけて、ヨーロッパは凄まじい勢いで変化した。オスマントルコのヨーロッパ侵攻がもたらした異文化の流入、地中海貿易やヨーロッパの国々の間の交流の活性化、そしてコロンブスのいわゆる新大陸の発見によってヨーロッパに新たにもたらされた過剰な富が経済規模を一気に拡大させ、ヨーロッパの国々の生活の総体と勢力バランスが大きく変化した。

詳しく見てみよう。ルネサンスの大パトロンのメディチ家は元々は両替商であり、このことはヨーロッパ内での広域経済活動が急激に盛んになったことを示している。つまりこの頃ヨーロッパの中で、今日のグローバル化のような現象が進行していた。

そんな中でコロンブスは、遥か彼方のインドやアジアに行くには、地球は丸いのだから、延々と東に向かって旅をするより、いっそ大西洋を船で西に向かって進めば、あっという間にジパングやインドに着けるはずだという大風呂敷を広げて、フランスやイギリスやポルトガルなどの王にパトロンになってもらうべく、それこそ東奔西走したが、ことごとく断られた。結局、当時イベリア半島からイスラム勢力を一掃するレコンキスタを完了して勢い盛んだったスペインの後ろ盾を得て、一四九二年に出航してアメリカを「発見」することになる。残り籤を引いて大当たりしたスペインは、その後、長きにわたって南北アメリカからの富の

流入地となってヨーロッパ全土に影響を及ぼす一大帝国になる。

ここで重要なのは新大陸から得た膨大な、ヨーロッパの経済規模を一気に拡大させるほどの富を、スペインが浪費しまくったということだ。つまりそのことによって、現代の資本主義の原型ともいうべき歴史的な規模の巨大なバブル経済が長期にわたってヨーロッパを席巻した。

このような社会的背景の中で、文化シーンにおいてもさまざまなスター表現者が誕生した。まずはグーテンベルグ（一三九八〜一四六八）が活版印刷機を発明して、それまで手書きの写本か版画によるものしかなかった聖書を、世界で初めて印刷して変化の起爆剤となった。これを機に、当時の最先端文化産業ともいうべき印刷業が興り、ヨーロッパの主要都市に多くの出版社が誕生することになる。これが果たした役割は大きく、アラビア語やギリシャ語から翻訳された古代ギリシャの作品をはじめ、さまざまな文献が出版され、それによって培われた文化的土壌がルネサンスの興隆に大きな働きをした。

こうした背景の中で、ボッティチェリ（一四四五〜一五一〇）、レオナルド・ダ・ヴィンチ（一四五二〜一五一九）、ミケランジェロ（一四七五〜一五六四）、ラファエロ（一四八三〜一五二〇）などの天才たちが登場し、ルネサンス建築空間と呼応する形で、絵画表現のレベルを一気に飛躍させた。

またコペルニクス（一四七三〜一五四三）が、カトリックの司祭でありながら、太陽が地球の周りを回っているのではなく、回っているのは地球の方だと、これまでの常識を根底から覆す地動説を唱えたことの影響も極めて大きく、それはやがて、新大陸バブルの爛熟期におけるバロック文化に受け継がれて、目に見えることの向こうにある確かさ、あるいは人間にとって幻想の確かさはしばしば現実を凌駕することを表現する、エル・グレコ（一五四一〜一六一四）、セルバンテス（一五四七〜一六一六）、シェークスピア（一五六四〜一六一六）、ガリレオ・ガリレイ（一五六四〜一六四二）、ベラスケス（一五九九〜一六六〇）などの天才たちを生んでいく。

フランソワ・ラブレー（一四八三または一四九四〜一五五三）もまた、そんな変化の時代ならではの、規格外の異能の天才の一人だ。ラブレーは、盛期ルネサンスの時代に南仏の、ノストラダムスが同じ頃に学んだことでも知られるモンペリエ大学で医者の資格を得て、パリと並んでフランスの出版事業の中心都市となっていたリヨンで医師を開業した。

折しも出版する題材に飢えていた出版社が、ラブレーの神学や科学や古代ギリシャの哲学や文芸にまで及ぶ恐るべき博学ぶりに目をつけた。なかば出版社にそそのかされるようにしてラブレーは、本名をもじったペンネームで『パンタグリュエル』（一五三二年）を書き、それがそこそこ評判になったため、続けて『ガルガンチュア物語』を書いて大成功した。これは大巨人を主人公とする、全くもって奇想天外、荒唐無稽な、駄洒落やスカトロジー（糞尿嗜好）やゲテモノグルメや下ネタ満載の、それこそなんでもありのトンデモ物語だったが、当時のふしだら、と言って悪ければ、一般的に性的に極めて自由で奔放なフランスの上流階級や、しかめっ面の権威の裏で背徳の限りを尽くす聖職者たちや大金持ちなどを揶揄嘲笑、おちょくりまくっていた。折しも、それまで一部の聖職者などに独占されていた知識もまた、出版文化の興隆によって広まり、独善的な権威を振りかざすカトリック教会のありように抗議《プロテスト》する、マルティン・ルター（一四八三〜一五四六）を震源地とする宗教改革という名の文化的地殻変動が、ヨーロッパ全土をゆるがし始めていた。そんなあれやこれやが冗談とともにぎっしり詰め込まれた本を、家で一人密かに、印刷された文字をたどって読む快感やドキドキや背徳感には、今日の想像を絶するほどのインパクトがあっただろう。そのことを誰かに言いたくて堪らなくなったりもしただろう。

しかしこの本の価値は実はそれだけではない。突き詰めて言えば、書かれた物語の中ではどんなことだってありうる、つまり人間の想像力には限界などなく、それを自由に働かせることによって、むしろ人の心は、現実が与えてくれるものとは別の確かさや楽しさを得ることができる、ということを実証して見せたことにある。つまり物語というものの豊かさと可能性を見事に再生《ルネサンス》させ、そうすることによってこそ表現しうる確かさがあるという、バロック的な美意識を先駆け、さらには今日の小説と呼ばれている、文字が記された本を通じて筆者と読者が多様な想像空間《イマージナティヴスペース》を共有するという、人間的な楽しみや喜びの一つの典型を創り出したことにラブレーの表現史における価値がある。

そのラブレーの『ガルガンチュア物語』を二五八点もの版画で視覚化したのが、ギュスターヴ・ドレ（一八三二〜一八八三）である。グーテンベルグが印刷所を開設したストラスブルグで生まれたドレは、風刺画の絵入り新聞で一世を風靡していた出版人、風刺画家のドーミエ（一八〇八〜一八七九）を世に出したシャルル・フィリポンに才能を認められて、彼のもとで十代からパリで働き始めてすぐにスターになり、一八五四年に『ラブレー著作集』への挿絵を描いて好評を博する。しかし資質的に、当時フランスで大流行していた風刺画を好まなかったドレは、彼本来のロマンティックな資質と、幻想的で空間的なスケールの大きな表現力を思う存分に発揮するために、自らが優秀な彫り師を擁し、ダイナミックな構図と繊細な線を駆使した大判の小口木版画による挿絵本によって、幼い頃からの夢であった古典文学の世界を大量の版画によって視覚化し始める。こうしてドレは『神曲』『聖書』『ドン・キホーテ』『失楽園』『寓話』『ペローの昔話』などを矢継ぎ早に発表して当代一の売れっ子画家となった。重要なのは、そこでドレが展開した手法が、大量の画像で物語るという、後の映画や現代の映像時代につながるものだったということだ。

ドレが活躍し始めた頃、ヨーロッパでは版画の挿絵が入った挿絵本がすでに大流行していたが、それに加えて、写真が新たな絵画（光画）として脚光を浴び始め、例えば肖像画を、どんな上手な画家よりも本人そっくりにつくることができる写真の登場によって、多くの画家が廃業に追い込まれて写真家に転業していた。親友の一人に、写真という視覚表現の最初のスターの一人であり、風刺画家でもあったナダール（一八二〇〜一九一〇）を持つドレは、絵画表現と写真表現の違いを熟考して、木口木版画という硬質の木を用いる版画の特徴を最大限に活かし、緻密で繊細な線描とハーフトーンを駆使して写真のクオリティを凌駕するほどの画質を実現しつつ、写真では撮れない文学の幻想空間を劇的に視覚化してヨーロッパの寵児となった。

この先進性は今日では想像し難いかもしれないが、例えば詩人のランボーが「今日は一日ドレの絵を見て過ごした」と日記に書いたほどに斬新で魅力的なものだった。また対象の中から自分の心に触れたものを増幅して描くという、写真にはできない表現方法で、近代を創り出した街ロンドンで早くも露呈し始めていた近代の光と影の視覚的ドキュメントである『ロンドン巡礼』を描いたりもした。そして若い頃に手掛けたラブレー作品への風刺画的な挿絵に満足できなかったドレは、人気も技も絶頂期の一八七三年に、大判の版画を大量に用いて新たに『ラブレー著作集』の挿絵本を出版する。本書で用いたのはその中の版画である。

興味深いのは、『ガルガンチュア物語』の視覚化にあたってドレは、原作の文章表現上の特徴である、くどいまでの言葉遊びや猥雑さやスカトロジックで淫靡な表現に引っ張られることなく、彼本来のロマンティックで健康的とさえいえる画風を展開していることである。これはドレの表現者としての一つの特徴で、ドレは例えば『聖書』では、宗教臭さを感じさせない画を、『ラ・フォンテーヌの寓話』では、動物たちを活きいきと描きつつも、原作にしばしば登場する教訓めいた道徳観を画からあえて排除している。これはミケランジェロの再来と言われたほどの描写力を備えつつも、オペレッタなどが好きで、どちらかといえば後の映画で多用されることになる劇的な場面《シーン》の力を重視していたドレの、今でいえば原作の映画化に近い、表現上の指向性の表れにほかならない。

それではドレは、ラブレーの原作を無視したのかといえば、もちろんそうではない。ドレは他の作品でも物語の本質、つまりその物語において最も重要なことは何かということとダイレクトに常に向かい合っていて、それを増幅するような画を描くという稀有な特徴、あるいは才能を持っていて、ここでもその特技を遺憾なく発揮した。つまりドレは『ガルガンチュア物語』の表層ではなく、その深層に流れる精神、すなわちラブレーの中にある人間的でロマンティックで反権威的な感覚や知性、深いところで理想郷を夢見る健やかな心と正面から向かい合っている。それはまさしくドレ自身の中にもある美意識であり、だからこそドレは『ガルガンチュア物語』の再表現にこだわったのだ。

そして実は本書もまた、表現の方向性としては、ドレの採用した方法に沿っている。つまりドレの画に合わせて物語を展開しつつも、ラブレーの原作の構想力や構造やダイナミズムやユーモア精神を尊重し、あくまでも作品の深層に流れるものと向かい合いながら、原作とは異なる新たな物語を現代に向けて再構築《アップデート》することを試みている。なぜなら、大巨人を主人公とする物語のなかでラブレーが意識していたであろう時代的背景、例えばラブレーが対峙した教会を筆頭とする権威やもったいぶった言葉に対する皮肉などは、すでにあらゆる権威が失墜し、言葉が抽象性や普遍力や物語性を喪ってどこまでも平準化、断片化しつつある現代においては、あまり意味を持たない。ところが逆に、大巨人に象徴される、どうなるかわからない未来に対する漠然とした不安、強力すぎるものや権力への懐疑、ピクロックル王国による突然の侵略に象徴される、まるで天災のような偶発の事態への恐れなど、『ガルガンチュア物語』の深層に流れる、大きな変化の中で人々が感じるさまざまな感覚には、まさに私たちの現代が抱える課題と通じ合うものがあり、それこそが、あえて物語を『異説ガルガンチュア物語』として再構築するに至った理由にほかならない。

ところで、すでに述べたように、社会に大きな変化が起きた時、時代はいつもそこから可能性を切り開こうとする巨きな表現者を生み出してきた。例えば選挙で選ばれた人民の代表が国会の議決によって王を処刑したフランス革命という、国家運営の主客を転倒させた人類史上の一大転換期には、スペインの宮廷画家であったゴヤが、これからは大衆の時代だとばかりに、版画という不特定多数を対象とした版画集によって、既存の権威や権力や慣習の愚かさを描き、また戦争の悲惨さや非道さを直視する版画集を描いてドキュメンタリーという手法を先駆け、さらには、これからの時代の主役を担うはずの一人ひとりの人間という存在の不思議さや奇妙さや、内に秘めた可能性などを描いて、それまで権力とともにあった絵画と画家との関係を一新させようとして、視覚表現の方法とフィールドを飛躍的に拡大させた。

以下思いつくままに列挙してみよう。

産業革命による社会の構造的な劇的な変化の中でカール・マルクス（一八一八〜一八八三）は、社会の新たな仕組の可能性を模索して『共産党宣言』を書き、近代産業化社会を稼働させる原理を見つめて『資本論』

（政治的な経済の批判 一八六七）を書いた。

　急速に進行する工業化の流れの中で、ウイリアム・モリス（一八三四〜一八九六）は、新たな時代における新たな工芸の可能性を求めてアート＆クラフト運動を起こし、近代の先にある社会を夢見て『ユートピアだより』（一八九〇）を書いた。

　フランスでは革命後、いつのまにか復権してきた帝国主義的権力や産業化社会における新たな富裕層を揶揄する風刺画を、ドーミエ（一八〇八〜一八七九）が石版画に描き、それをさかんに絵入り新聞《ジャーナル》に掲載して後にジャーナリズムと呼ばれることになる精神を牽引した。

　産業化、工業化、均一化がさらに進行した十九世紀末には、ヨーロッパ各地で、曲線的なものや女性的なものをモチーフとする、いわゆるアール・ヌーボーの表現運動が、建築や絵画やパッケージデザインなどあらゆるシーンで展開された。

　その後、ヨーロッパの列強が近代化と自国の富を増やすことに凌ぎを削りあった結果、第一次世界大戦が起こり、世界の覇権は、大戦で痛手を被ったヨーロッパからアメリカ合衆国に移り、さらに進行する産業化と均一化の流れの中の最後の装飾主義的な表現としてのアール・デコや、ニューヨークなどにそれを用いた摩天楼が登場した。

　さらに加速する産業化、資本主義化の流れの中で、そうではないものとしての共産主義や社会主義などの多くの思想や主義が登場し、それを根拠にソビエト連邦などの国家やそれを運営する仕組みまでもがつくられた。

　絵画の世界でも、ピカソやミロが、既存の絵画の概念や枠組みに捉われずに、自らが確かだと感じるものを既存のスタイルに捉われずに描いて、絵画表現の方法やフィールドやマーケットを爆発的に拡大させた。

　その後、物語や演劇や音楽などの表現メディアを融合させた映画がつくられて大衆娯楽化し、音楽もレコードという共通仕様のメディアによって世界化し、それらの発信源ともいうべきアメリカ合衆国のライフスタイルが世界モデル化した。

同時に、第二次世界大戦で欧州の主要国ほどには損害を被らなかった合衆国とソビエト連邦が帝国化し、その代理戦争ともいうべきベトナム戦争の泥沼化にカウンターパンチを食らわすように、ボブ・ディランやビートルズが、言葉と音《サウンド》が一体となった歌によって、ジャンルや宗教や国の垣根を軽く超え、世界中の人々が同じような想いや感覚やメッセージを共有する地球時代の扉を開けた。

こうして表現や文化は、糾《あざな》える縄のように時代や社会と互いに絡み合いながら変化し多様化し、その方法やフィールドを広げてきた。しかし映画や音楽が国境を超えたように、世界の企業の経済活動も国家という枠組みを越えて多国籍化し、とりわけ為替の連動とコンピュータの出現によって、全ての情報が瞬時にデジタル化されて世界を駆け巡る中で、実は現在、人類史にかつてなかった現象がすでに顕在化している。

例えばインターネットは、誰もがどこからでも世界に向けて情報を発信し受信することを可能にした。それはいかにも便利であり、一見、近代国家が目指した平等化を部分的に実現したようにも見えるが、しかし同時に、かつてのマンツーマンのプライベートメディアであった郵便などとは全く次元が異なり、全ての情報がデジタル化されサーバーを介するために、それらを集約し独占し検索することが容易であるということにおいて、人類史にかつてなかった監視社会、あるいは管理社会がすでに出現していることを意味する。そこでは金融資本化された資本もまたデジタル化された数値にほかならず、現在のようにネット空間が、地球的ルールのない無法なサバイバル状態にある状況の中では、デジタル化された情報はどこにでも保管できるし、また瞬時に移動させることも検閲することも、あえて言えば操作することも可能だ。

このような人類が初めて経験する奇妙な状況、あるいは過酷な現実がすでに地球上に蔓延している。具体的には文明の急速な進歩と文化の退化が同時に進行するという奇妙な事態が起きている。かつて文明と文化は表裏一体となりながら展開されてきた。しかし今は情報はもちろん、知も技も個人の嗜好も、愛や関係や感情のありようさえもがテクノロジーとプログラムのなかに取り込まれ始めている。

また、もともと国家を構成する一人ひとりの国民の基本的人権を擁護し、自由と平等と友愛をスローガンとして、税金という名の国民の働きの成果としての富をしかるべく再配分する役割を担うという建前で始まった近代国家は、すでにその輝ける旗を下ろし、恐竜のように巨大化した国体を維持し、多国籍企業や富者を優遇することに邁進して、個々の国民の暮らしや健康を守り文化的な喜びを増すこと、つまりは国家が国民のために国を経営し運営することを、なかば放棄している。当然のことながらそのことによって、恐るべき貧富の格差と、情報と権力の寡占化と管理社会化が、人類史にかつてなかったレベルで進行している。

かつて、産業化が加速して、近代のバベルの塔ともいうべき摩天楼が出現し始めた時、原始林の中から発見されたキングコングがニューヨークに連れてこられ、心を寄せてくれた人間の女性に恋をして、彼女を守ろうとしながら摩天楼から落ちていく映画がつくられた。

また、人類史上最悪の武器である原爆が二発も落とされた第二次世界大戦における日本の敗戦の後、原水爆の実験によって出現したゴジラが、復興し始めていた日本の街を破壊する映画がつくられた。

さらに、リーマンショックによってグローバル金融資本の神話が崩れた後、問答無用の力と残虐性を持つ巨人によって壊滅寸前に追い込まれた人間が必死で生き延びる術を見出そうとする『進撃の巨人』という漫画が日本で描かれている。

これらの異形の怪物たちもまた、大きな変化の中で人々が感じる不安の一つの表れなのかもしれない。このように考えるとき、人類史にかつてなかった現代という大変化の時代に、これからどんな表現者やヒーローが現れるのだろうかと考えざるを得ない。ただ、昔に比べれば変化のスピードは恐ろしく早い。近代の二百年は、それまでに人類がコツコツと築いてきた社会や営みを一変させたが、コンピューターの出現以降の変化はそれを軽く凌駕し、そのスピードも広がりも、加速度的に大きくなっている。

このような凄まじい変化の中で、私たちは何を頼りに進めば良いのだろう、と考えるとき、過去を振り返ってみれば、そこには一つのヒントがある。それは、ルネサンスにせよバロックにせよ、フランス革命にせよアール・ヌーボーにせよ、ラブ&ピースのロックムーブメントにせよ、そのような文化的ムーヴメントを起こした社会の大きな変化の中で、表現者たちが見据えたものが、常に自分自身を含めた人間とその可能性だったという事実である。

人間とは何か、人の喜びとは何か、それを育む街や社会とは何か、目の前にある閉塞的な社会の向こうにあり得る美とは何か。それより何より、一人の人間としての自分の心身が確かだと思えること、美しいと感じることは何か。表現者たちは感動から出発し、その向こうに、社会化していいはずだと思えるヴィジョンを、すなわち息づいて良いと思える確かさと美とそのありようを想い描いた。言葉をかえれば、自分自身にとっての美や確かさを手探りで探し求め、それを表現しつつ、それが存在しうる社会、すなわち自分なりのユートピアを想い描きながら生きた。だからこそ、個有の夢でしかなかったそれらはやがて社会化し文化となった。ラブレーもまた『ガルガンチュア物語』の中で、彼なりのユートピアを描いているし、ドレもまた対象の中にポジティヴな何かを見出すべく絵を描いた。

人には美を求める心があり、それを形にする表現力があり、それを共有する想像力や共感力がある。そうして人は、営々と文化を創り続けてきた。つまりはそうして人としての喜びを増やし広げてきた。大切なのは物事を、人としての原点に立ってシンプルに考えることだ。文化とその豊かな積み重なりは、あるいはそれを擁する社会の豊かさは、まずは個々人の想像力、夢想力によってもたらされてきたからだ。自分の心身が確かだと思えないようなことが、美しいと思えないようなことが人に伝わり広まるはずがない。

個がなければ社会もない。そのなかで、美を見失えば人は人ではなくなる。人と社会が美を求めなくなれば文化は滅びる。人間性を無視すれば社会はもはや人間が生きるための空間ではなくなる。ユートピアを想い描かなくなってしまったら人の活力は減衰する、文化と社会は退化する。そんなことを思いながら、私は今を生きる人間の一人として、私なりに、ラブレーとドレをお手本にしながら、不思議な大巨人、ガルガンチュアの物語をアレンジした。本書のガルガンチュアは、キングコングやゴジラに比べればちっとも怖くない、というより愚鈍で恐がりで、どこまでも平和主義の、夢を夢見るお人好しの大巨人にすぎない。父親のグラングジェもそうだ。

ただ、大きいこと強いこと、それをより大きくすることを、社会的リスクや人間性を無視し、経済という数や量に基づく理屈を最優先させてきた近代、遠いところにある目的や得られるかもしれない果報と引き換えに、自分自身の感覚に目を閉ざして今を耐えることを強いてきた近代社会が見落としてきたものは何かと考えれば、それを脱する扉は、意外にシンプルなところに、人間なら誰もが持つ健やかな感覚や心の内にあるのではないか——。

谷口江里也

最後に、この原稿に本の形を与えて下さった出版社の未知谷と、発行人の飯島徹氏ならびに伊藤伸恵女史、そしてこの本を手にしてくださっているあなたに、心からの感謝を捧げます。

たにぐち えりや

詩人、ヴィジョンアーキテクト。石川県加賀市出身、横浜国立大学工学部建築学科卒。中学時代から詩と哲学と絵画と建築とロックミュージックに強い関心を抱く。1976年にスペインに移住。バルセロナとイビサ島に居住し多くの文化人たちと親交を深める。帰国後ヴィジョンアーキテクトとしてエポックメイキングな建築空間創造や、ヴィジョナリープロジェクト創造＆ディレクションを行うとともに、言語空間創造として多数の著書を執筆。音羽信という名のシンガーソングライターでもある。主な著書に『画集ギュスターヴ・ドレ』（講談社）、『1900年の女神たち』（小学館）、『ドレの神曲』『ドレの旧約聖書』『ドレの失楽園』『ドレのドン・キホーテ』『ドレの昔話』（以上、宝島社）、『鳥たちの夜』『鏡の向こうのつづれ織り』『空間構想事始』（以上、エスプレ）、『イビサ島のネコ』『天才たちのスペイン』『旧約聖書の世界』『視覚表現史に革命を起こした天才ゴヤの版画集1～4集』『愛歌（音羽信）』『随想 奥の細道』『リカルド・ボフィル作品と思想』『理念から未来像へ』（以上、未知谷）など。主な建築空間創造に《東京銀座資生堂ビル》《ラゾーナ川崎プラザ》《レストランikra》《軽井沢の家》などがある。

Gustav Dore

1832年、フランスのアルザス地方ストラスブールの生まれ。幼い頃から画才を発揮。16歳の時にパリに出て挿し絵画家として活躍し始めるが、当時流行していた風刺画が肌に合わず、24歳の時、自らの表現力と木口木版の可能性を最大限に発揮した『さすらいのユダヤ人の伝説』をセルフプロデュース。文学空間を大量の画像によって物語る、後の映画に通じる方法を編みだし、『神曲』『聖書』『失楽園』『ドン・キホーテ』『ロンドン巡礼』などを矢継ぎ早に発表して時代の寵児となった。さまざまな才能に恵まれ、ヴァイオリンの名手であり、油絵や彫刻なども手がけ、晩年にはカテドラルのファサードをデザインするなど建築空間にも興味を示したが、1883年、おそらくは働き過ぎによる心臓発作で51歳で死亡。ヴィジュアル時代の幕を開けた視覚表現史上の最重要画家の一人。

異説ガルガンチュア物語

2018年 9 月20日 初版印刷
2018年10月10日 初版発行

原作　フランソワ・ラブレー
作　谷口江里也
絵　ギュスターヴ・ドレ
発行者　飯島徹
発行所　未知谷
東京都千代田区神田猿楽町2丁目5-9　〒101-0064
Tel. 03-5281-3751 / Fax. 03-5281-3752
［振替］ 00130-4-653627
組版　柏木薫
印刷所　ディグ
製本所　牧製本

Publisher Michitani Co. Ltd., Tokyo
Printed in Japan
ISBN978-4-89642-565-9　C0097

旧約聖書の世界

谷口江里也 編著
ギュスターヴ・ドレ 挿画

旧約聖書とはどのような書物なのか
どれだけ眺めていても飽きない
ドレの版画72枚を導きの糸に
独自の抄訳でエピソードが
それぞれの解説で世界観がわかる
旧約聖書が概観できる新発見に満ちた一冊

四六判320頁本体4000円

未知谷